2) 21

麦克米伦世纪童书

麦克米伦世纪 全称北京麦克米伦世纪咨询服务有限公司,由全球知名国际性出版机构麦克米伦出版集团和二十一世纪出版社集团共同注资成立。

北京麦克米伦世纪咨询服务有限公司
北京市朝阳区光华路 SOHO2B 座 1206
邮编：100020   电话：17200314824
新浪官方微博：@麦克米伦世纪出版

苏菲的航海日志

[美]莎伦·克里奇 著

徐 彬 译

21 二十一世纪出版社集团
21st Century Publishing Group

献给我的女儿凯琳，

她越过海洋，

带给我这个故事的灵感。

THE WANDERER

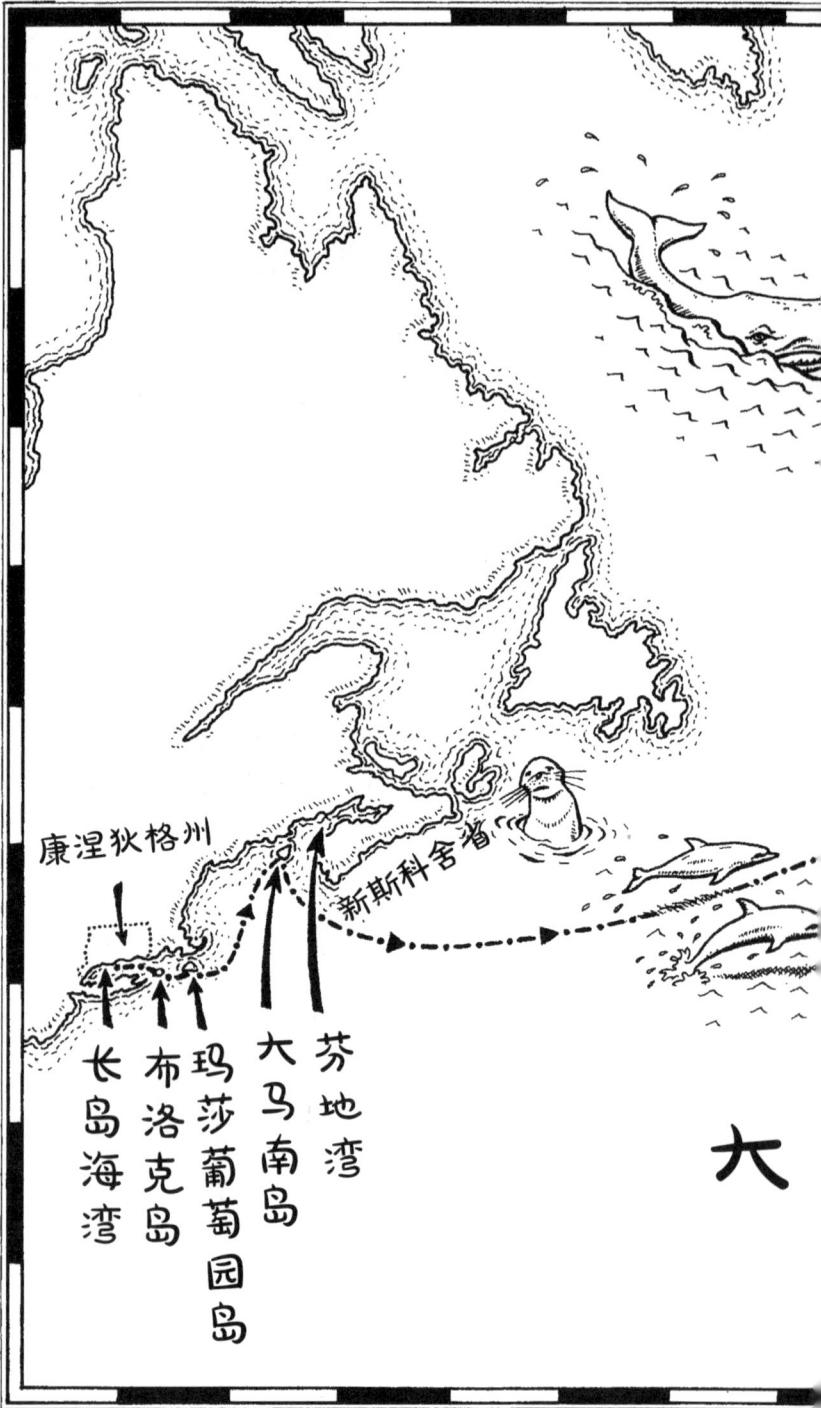

康涅狄格州

新斯科舍省

芬地湾

大马南岛

玛莎葡萄园岛

布洛克岛

长岛海湾

大

苏菲的航海路线图

爱尔兰

西　洋

这个故事是真实的，是我自己的。
它讲述的是大海如何把我吞没，
又把我冲了回来……

——远航的人

I 准 备

1

大 海／苏菲

大海，大海，大海。海浪不停地涌动、涌动，呼唤着我。来吧，它说。来吧。

于是我跳进大海，漂浮、翻转、击水，游啊游。大海呼唤道，快来吧，快来吧。我努力朝深处游去，海浪却总是把我冲回岸边。

大海仍然在呼唤我，快来吧，快来吧。于是我乘船出海，有用桨的小船、敞篷的小船，还有摩托艇。后来，我学会了驾驶帆船，在海面上飞驰，耳边只有风声、水声和海鸟的叫声。它们都在召唤我，远航吧，远航吧。

我想永不停歇地航行、航行，穿越大海，栉风沐雨，与海鸟为伴去远航。可是有人说我太小，而大海太危险，像一个妖精，结果晚上我就做了一个噩梦。墙一样高的海水黑漆漆的，从我身后涌来，浪头高高地朝我打下来。

而我总是在被海水淹没之前醒来，醒来之后，觉得自己还漂在海上。

2

三面人/苏菲

　　我并不总是这样一个充满梦想的女孩儿，不总是沉浸在大海对我的召唤中。爸爸说我是三面人：一面爱做梦，充满浪漫的想法；一面富有逻辑，脚踏实地；还有一面固执而冲动。他说我有时在梦里，有时在现实里，有时又像生活在犟骡子的王国，如果我能把这三面结合起来就好了。可我觉得，要是那样的话，我就不知道自己在哪里了。如果我不在梦里，不在现实里，也不在犟骡子的王国，那我该在哪里呢？

　　爸爸说，我有逻辑的一面特别像他，喜欢梦想的一面特别像妈妈。不过，我觉得这样说不是很公正。爸爸总觉得自己是个讲逻辑的人，可是，他却经常看那些充满异国情调的图片，还一边看一边说"咱们去长途旅行吧"，或者"我们应该坐热气球在天空飞翔"。

妈妈虽然只是一个织布工，整天在纺织丝绸面料，喜欢穿用纤薄衣料做的衣服，却给了我一些指导航海的书，让我学习水上的安全知识，以及如何预测天气，还说："是的，苏菲，我教你航行，可这并不等于说我喜欢你自己跑到海上去。我想让你留在家里，就在这里，和我在一起，平平安安的。"

爸爸说，不知道我那骡子一样固执、倔强的脾气来自哪里。他说整个家族中没有这个基因。

我十三岁了，我要去远航。我希望能够独自远航——独自一人！哦，独自一人，在水面飞行！——可实际上却办不到。不过，因为我的固执，我争取到了一个机会，在一艘四十五英尺①的船上，同一群乌合之众——我的三位舅舅和两位表哥一起去航行。三位舅舅分别是斯图舅舅、摩舅舅和多克舅舅。妈妈对他们说道："要是我的苏菲伤了一根毫毛，我就扒了你们的皮。"

她对表哥布雷恩可能给我的影响倒不在意（其实她本来应该更在意的），因为她觉得布雷恩很沉稳，做事仔细，严谨认真。她只是很担心我的另外一个表哥科迪，怕我学到他的坏习惯。科迪说话粗声大气，做事莽撞，

---

① 1英尺约合30.48厘米。

还帅得让妈妈无法安心。"他太帅气了,"她说,"帅得很危险。"对于我参加这次远航,妈妈并不是唯一一个不放心的人。斯图舅舅和摩舅舅也竭力劝我不要掺和。"船上只有我们一伙男人,做的都是男人喜欢做的事,你一个女孩子在船上会不习惯的。""苏菲,你干吗不喜欢待在家里呢? 在家里天天都能洗澡。""在船上可得干好多体力活呢。"他们就这么唠唠叨叨地说个没完。但是,我已经下定决心要去,而且我犟骡子的脾气也上来了——我劈头盖脸地跟他们说了一大通航海和天气方面的术语,还有我从航海书上学到的其他知识,以及我怀着美好心愿想到的一些东西。

多克舅舅的脾气很好,不觉得我跟他们一起去航行有什么不好,所以我叫他好舅舅。他说:"呵,她对船的了解比布雷恩和科迪加起来都多。"于是,其他人这才妥协了。

妈妈之所以没把我捆在床上死活不让我去,还有另外两个原因。第一,多克舅舅跟她说了一大堆船上的安全设施,包括卫星导航设备,也叫作全球定位系统。第二个原因似乎不太合乎逻辑,但是却让妈妈感到有些安慰,那就是——博比就在海的那一边,我们最后会停靠在博比那里。这样一来,妈妈自己都希望到时能和我们聚在一起了。

博比是我的外公——我妈妈的爸爸,也是斯图舅舅、摩舅舅和多克舅舅的爸爸。他曾经跟我爸爸妈妈一起住了很多年。他就像我的另一个爸爸或妈妈。我特别特别爱他,因为他和我像极了。他跟我一样,也有三重性格,而且我们在一起的时候,不等我说出来,他就知道我脑子里想的是什么。他非常非常和蔼,说起话来甜得像蜜,还很会讲故事。

他七十二岁那一年,突然决定回自己的家。我原本以为,我们这里就是他的家。可他说的回家,是指回到他出生的地方,在那里,有"英格兰青翠的、连绵不绝的群山"。

爸爸说家族里没有像骡子一样倔强的基因,其实他错了。博比一旦下定决心回到英格兰,就没人能阻挡得了。他下定了决心,就不再更改,然后飘然而去。

再见,博比。

3

漫长的等待/苏菲

我们希望能在六月的第一个星期起航，那时学校刚刚放假。最后这几个星期过得好慢，时间仿佛是在一个小时一个小时地慢吞吞地挪着脚步。可我的心早就奔向了期末的最后一天，想象着那一天里每一件事的细节。我跟爸爸妈妈说，那天一放学，我就飞奔回家，抓起背包，随便搭辆车去汽车站，接着乘车到康涅狄格州跟几个舅舅和表哥会面，然后我们就扬起风帆，驶入大海。

"苏菲，不用那么急。"爸爸说，"到时候，你妈妈和我会开车送你去的。我们不会让你一个人坐汽车。"

唉！在我生活的这个巴掌大的小镇上，人人都有冒险经历，唯独我没有。我们以前住在弗吉尼亚的海边，可是去年，我的父母忽然有了一个"伟大的计划"，要搬到乡下去住，因为妈妈想念她从小到大都熟悉的肯塔基的群山。于是，我们就搬到了这个死气沉沉的小镇来。这里唯一的河就是俄亥俄河，它跟小镇一样死气沉沉的。这里的人都非常喜欢这条河，我不明白这是为什么。这条河波澜不惊，也没有螃蟹和水母。站在河边看，视线也不开阔，河水才流出去一小段就拐了弯。

可我的同班同学却把这条河看作天堂，他们在那里进行各种探险。钓鱼、游泳，还撑着木筏顺流而下。我也想钓鱼、游泳、航行，可是我想在大海上，在宽阔无垠的大海上做这些事情。

我跟一些朋友说起我要去海上航行的事，一个人说："这里就很好呀，河水日夜不停地流着。"

另一个说："不过，你刚来这儿，我们还不了解你。比如，你原来住在哪里，另外……"

我不想说过去。我想一切都从零开始，这是搬到这里来住的好处之一：生活好像重新开始一样。

还有一个人说："再说了，你为什么愿意像囚犯一样待在一艘船上呢？"

"囚犯？"我说，"囚犯？在船上，我就像一只在天空中自由飞翔的鸟儿！"

接着，我告诉他们，不断拍打岸边的浪花、汹涌的大海，还有辽阔的天空是如何召唤我的。每次我一说完，他们总是打着哈欠说"管他呢""你可能会在海上送命的""你要是回不来了，我能拿走你的那件红夹克吗"之类的话。我想，他们恐怕永远也不会理解我的海上探险，而我呢，也只能不管这些，去开始我自己的航行了。

我正在用的这个日记本，是妈妈给我的。她说："你现在就开始吧，把你的想法和经历写下来，所有的都写下来。等你回来的时候，我们就可以读你的日记，就像我们也跟着你远航了一样。"

不过，老师都不喜欢听我说航海的事。

"苏菲！快把关于航海的书放到一边，把数学课本拿出来！"

"苏菲！还没放学呢！赶紧做你的功课！把语法作业拿出来！"

昨天，多克舅舅打电话来说，我不能一到他那里就立即出海，因为还有一些准备工作要做。"很多很多的活儿要干！"

我对有活儿要做倒不在意，因为我喜欢在船边儿忙忙活活的，可是我太想太想马上出海了，仿佛都能触摸到大海，并且闻到大海的气味、尝到海水的味道了。

4

大"宝宝"/苏菲

结果是爸爸一个人开车送我去康涅狄格州。妈妈说，她不敢保证那天能像一个大人那样把持住自己。她担心自己会哭啊哭，"瘫软得像一坨果冻"，抱住我不让我走。我不停地跟她说，这只是一次小小的航行，算不了什么。更何况，我们并没打算驾船返航，因为多克舅舅要把船留给英格兰的一个朋友。

我觉得，妈妈心里想的是在大海上会有可怕的事情发生，可她不愿意说出来。我自己尽量不去想那些可怕的事情。

"有时候，"爸爸说，"有些事情你不得不做。我想，出海远航对苏菲来说就是不得不做的事。"我大吃一惊。我确实觉得这是一件我不得不做的事情，不过，我说不出来这是为什么。现在，不用我解释，爸爸就能理解，我真是又感激又惊喜。

"好吧，好吧，好吧，"妈妈说，"去吧！你回来的时候，最好身上的零件一个都别少！"

整整两个星期，我跟三个舅舅还有我的表哥们都挤在多克舅舅的小屋子里。我开始担心，这么多人挤在一起，在陆地上的日子都快熬不下去了，那就更别提在海上了。也许还没出海，我们就"互相残杀"起来。

船被架在干燥的地面上。说实话，头一天看见它的时候，我觉得它有点儿惨兮兮的。它好像根本没准备好远航呢，可它却有一个很棒的名字：远航者。我开始幻想自己乘着这艘帆船在大海上漫无目的地漂啊漂。

船是多克舅舅的，他管这艘船叫"小宝宝"。可对我来说，它太大了，远远大过我以前坐过的任何一条船。它长四十五英尺（真是个可爱的大"宝宝"），蓝白相间，两支桅杆一样高，漂亮的船帆卷在帆杠上。

甲板下面的空间够六个人睡（四个在前半部，两个在后半部），还有一个小厨房（里面有冰箱、水池和炉子）、一张桌子（把两张床当成桌子边的长凳）、一间浴室、一张看航海图的桌子和一些导航设备、一个文件架，以及几个壁橱。

多克舅舅真正的身份是木匠。第一天，他就领我们参观了一下远航者，把需要修理的地方指给我们看。他说，"这个小宝宝需要一些照顾。船舱要修理，没错，龙骨也是"，"底舱也要翻修"，"电气系统要重做，没错"，"整个船都得整修一下，没错"。

没错，没错，没错。

表哥布雷恩拿着一个写字板，把这些都一一记下来。我们围着船转了一圈又一圈，然后，布雷恩说："好嘞！清单在这里。我觉得咱们还得列一张单子，把需要的设备都列上。"

他的爸爸——就是斯图舅舅插话："真是我的好儿子，做事有条有理！"

斯图舅舅的原名是斯图尔特，可是大家都叫他斯图①。他总爱小题大做，常常因为芝麻大的事而焦虑不安。他高高瘦瘦的，顶着一丛浓密的黑发。他的儿子布雷恩和他年轻的时候一模一样。他们走起路来很笨拙，跟牵线木偶似的，而且做事都特别讲究条理。

布雷恩还在忙着制表，我的另一个表哥科迪已经开始摆弄船舵了。"还不到时候！"斯图舅舅说，"我们还没把该干的活儿理清楚呢！"

布雷恩说："咱们得先把清单都列好，然后再分配

---

① "斯图"音译自英语单词 stew，意指"焦虑、不安"。因为斯图尔特容易焦虑，所以大家又称他为"斯图"。

活儿。"

"真像我儿子，"斯图舅舅说，"真有领导天分。"

没错！

天气很热，一连好多天温度都高达三十五摄氏度，而大家对于如何修理船，又似乎都有自己的主意。摩舅舅大部分时间都坐在一张躺椅上，看着我们，时不时地发号施令："不是这样的，从另一头开始！""你这个榆木脑袋！刷子是这么用的吗？"大多数情况下，他说这些话都是在训他的儿子科迪。科迪似乎有选择性耳聋。其他人说话，科迪都能听得清清楚楚，可就是听不见他老爸的话。

摩舅舅有点儿胖墩墩的，喜欢光着膀子四处游荡晒太阳。可是，他儿子科迪（就是我妈妈说帅得让人不放心的那个）身体结实，肌肉强健，不论走到哪儿都哼着歌，而且总是面带笑容。那些去往海边公共浴场的姑娘从我们修船的地方经过时，都会停下脚步看他，希望能引起他的注意。

多克舅舅呢，为人随和，沉着冷静，好像什么事情都不会打扰到他，不管是需要做的事，还是偶尔冒出来的小事故。比如，布雷恩打翻了油漆桶，科迪把甲板凿了个洞，斯图舅舅把线缠得一团糟。遇到这些情况，多克舅舅总会耸耸肩说:"没事,咱们能修。没错。"

　　第二天,斯图舅舅和布雷恩把绝大部分的活儿都派给了其他几个人。于是我问:"我呢?你们想让我做什么?"

　　"你?"斯图舅舅说,"哦,对了。你可以负责清洁——对,就是把这里那里都擦一擦。"

　　"我想修东西。"

　　斯图舅舅假惺惺地笑着说:"呵呵。苏菲,你觉得你能修什么呢?呵呵。"

　　"我想修底舱。"

　　"哦?"他朝大家伙儿笑了笑,好像他们之间有什么笑话没告诉我似的,"嗯,你到底要怎么修呢?"

　　我就告诉他如何重新设计底舱结构、需要哪些设备等。我一边说,斯图舅舅的笑容一边渐渐地退去,多克舅舅却慢慢露出了灿烂的笑容。

　　多克舅舅说:"看到了吧?她对船懂得还真不少,让她负责底舱吧。"

　　布雷恩拿着写字板,甩了一下木偶似的胳膊,说:"那谁负责清洁呢?没有人做清洁了。"

　　"大家一起做吧。"多克舅舅说。

　　"我可不干,"摩舅舅说,"我讨厌打扫卫生,让其他人干吧。"

于是，我们（除了摩舅舅以外，他要在躺椅上享受日光浴）顶着酷热，在停靠码头的远航者上面，挥汗如雨地干起活来。我们更换了船舵和龙骨，重新设计了底舱，重新给电力系统布了线，最后又归整布置，清洁打扫。

这天早晨，远航者终于要从"摇篮"里出来了。起重机的吊索把远航者吊起来，再慢慢地放到水里。多克舅舅、布雷恩和我都在船上。那种感觉简直太奇妙了：下降，下降，一直往下。我觉得船会一直下降，不会停止似的。突然，噗的一声，船一阵晃动，停在了水面上，像块软木塞一样上下起伏着。

它浮起来了！

"布雷恩，你没事吧？"多克舅舅问，"你好像有点儿站不稳。"

布雷恩说："我有点儿想吐。一下水，这艘船看上去就太小了。我们在海上就指望它活命吗？"

"小？"多克舅舅说，"咱们的远航者可是个大宝宝。"

我说："这条船就像一个小岛，是我们的家。"

我给爸爸妈妈寄了一张明信片，告诉他们我很快就会乘着远航者去周游四海了。

II 试 航

5

浮起来了/苏菲

远航者开始航行了！

昨天夜里，我们在星星的指引下，沿着康涅狄格州的海岸线试航，我的心都快要蹦出来飞到天上去了。头顶上，天鹅绒一样蓝黑色的夜空点缀着一颗颗珍珠般的星星，与泛着波光的、黑漆漆的海面融为一体。大海的气息扑面而来，海风吹拂着脸颊和臂膀，船帆在迎风拍打——哦，这一切多么神奇！

我们真的扬帆起航了！大海在召唤，召唤着我们去远航、远航！远航者轻柔的摇荡让我想起了博比，他抱着年幼的我，轻声讲述着古老的故事。

我们首先要穿过长岛海湾到达布洛克岛，然后很快越过玛莎葡萄园岛，绕着科德角转一圈，再沿着北海岸前行，到达加拿大的新斯科舍省，最后，是一段很长的航程——到达爱尔兰之后再去往英格兰，那是博比住的地方！多克舅舅估计整个航行要花三四个星期，具体时间取决于我们中途停靠多久。

科迪一直在写日志，不过他管日志叫狗狗。我第一次听见他这样说，就问他："你说的是不是日志[①]？"

他说："不，是狗狗，狗狗日志。"他还说，写狗狗日志，是因为不得不写，这是他的暑假作业。"或者写日志，或者读五本书，"他说，"我觉得写狗狗日志要比读那么多别人写的字轻松多了。"

多克舅舅负责写正式的航海日志，日志的前面摆放着地图，上面标注了我们的航线。斯图舅舅和布雷恩说他们会很忙，要"记录重要事件"。我问摩舅舅是不是也要做旅行记录。他打了个哈欠，拍一拍头，说："我都记在这儿。不过，我可能会画点儿速写。"

"你是说画画？你会画画？"

"这有什么好惊讶的。"他说。

我确实很惊讶，因为他看起来似乎没有精力做任何事情。

我们每天都有事情做（根据布雷恩列的清单），还要轮流值班。斯图舅舅想到一个新点子：每个人在航行

[①] 英语中 dog（狗）和 log（日志）发音相近。

中都要教别人一点东西。

科迪问："教什么？"

"什么都行，比如如何使用仪器导航、靠星星来导航。"

科迪说："哼。对你来说倒是容易，可我们对这些东西一窍不通，怎么办？"

斯图舅舅得意地笑了笑，说："你总有什么可以教我们的吧。"

"玩杂耍怎么样？"科迪说，"我能教你们玩杂耍。"

"杂耍？"布雷恩问。

"傻瓜的游戏。"科迪的爸爸说。

"我要学杂耍，"我说，"我敢说，杂耍可不像看上去那么简单。"

"玩杂耍有什么用呢？"布雷恩问。

科迪说："你要是觉得这对你们来说太难的话……"

"谁说难了？我可以玩杂耍，只不过在船上学杂耍好像有点儿傻。"

我还不知道自己该教大家什么，不过我会想出来的。今晚就得决定。

今天天气很棒，阳光灿烂，温度适宜，我们顺着洋流航行。风也轻柔地吹着，把我们朝薄雾笼罩的布洛克岛的悬崖峭壁推去。我之前来过一次布洛克岛，但不记得是跟谁来的。是我的父母，还是外公？我记得曾经在高高的山顶漫步，那里长满了紫色和黄色的野花，岩石中冒出一丛丛灌木。我还记得那辆蓝色的老皮卡车，后面的车厢里放着休闲椅。车沿着狭窄的小路行驶。我看着窗外的大海，放声歌唱："啊，我们来到了布洛克岛，开着蓝色的皮卡车……"

外公给我买了一顶船长帽，我天天戴着它。晚上我们到海边去挖蛤蜊。我还在度假的小屋顶上看过飞机。

从此，每到夏天，我就盼望再去布洛克岛，可是我们再也没去过。大家都没时间。

这时，我想到了在船上教大家什么了：讲博比给我讲过的故事。

多克舅舅和科迪刚刚捕上来两条青鱼。好耶！可是，我不喜欢看科迪举起棍子把它们打晕，然后再开膛破肚。但我们都得学会收拾鱼，这是船上的规矩之一。下一次就轮到我了。真不想做啊。

布洛克岛的悬崖已在眼前。青鱼也收拾好了，它们被剔掉了鱼骨头，等午饭时做来吃，我也饿了……

6

鼻涕虫和疯子/科迪

老爸让我快疯了。他整天像条鼻涕虫一样，哪儿都能躺下来，什么忙都帮不上，却还老是发号施令。苏菲很幸运，她爸妈都不在船上，没有人对她吆五喝六的。

斯图叔叔说，她之所以能加入，是因为多克伯伯很同情这个孤儿——斯图叔叔就是这么称呼苏菲的。他这么称呼她的时候我真想抽他。

苏菲说起我姑姑和姑父的时候，就好像他们是她的亲生父母一样。其实，他们只是她的养父母，她才跟他们一起生活了三年。布雷恩说苏菲生活在幻想中，我觉得她这样挺好的。至少她没有坐在一边自怨自艾，悲叹自己是个孤儿。

有时，我也希望自己是个孤儿，因为我老爸凶得像大海蟹，老妈很怕他，总是可怜兮兮地躲在角落里不敢惹他。

不过，我觉得似乎不应该在这本狗狗日志里写这些事。我想我该写和航行有关的事。

我们开始了，我是说，开始航行了。太棒了！我原以为我们会困在陆地上，永远都不会起航，因为布雷恩每天都能拿出新的清单，告诉我们还有什么该准备的。这孩子真的喜欢列清单。他爸爸也喜欢。说起列清单，他们可真是一脉相传啊。

航行中还没发生什么事情，船走得好好的，漏水不严重，也没有翻——暂时还没有。

7

"野生动物" / 苏菲

昨晚，远航者停靠在布洛克岛的港口，科迪、布雷恩和我划着小艇上了岸，在沙滩上走了走。布雷恩喜欢小题大做。他怕海水打湿裤子，小心翼翼地挽起了裤脚，浪一来就跳着躲开，还不时地看看表。

"七点十分了。"他大声说道。十分钟后，他再次报时："七点二十了。"又过了十分钟，只听他又说道："七点三十了。"

"你歇会儿行吗？"科迪说，"几点几分关我们什么事？"

布雷恩绕过沙子上的一块石头，躲开了海水拍打在石头上激起的浪花。"天黑前咱们得回到船上。"他说。

科迪看了看西边天空上徘徊的太阳，说："你知道吗？没有表我们也知道什么时候天快黑了。"

"呵呵呵。"布雷恩讪讪地笑了。

这时，迎面走来两个女孩儿。"嘿，看哪，有'野生动物'！"科迪对布雷恩说。

"哪儿？什么？"

"两个妞儿，"科迪说，眼睛盯着两个女孩子，"小妞。"

其中一个漂亮"小妞"在科迪面前停下脚步，冲他甜甜地笑了。"嘿。"她说。

"嘿。"科迪说。

"你知不知道，嗯，知不知道现在几点了？"她问道。她身边的伙伴红着脸，假装从胳膊上掸掉什么东西。

"呵——呵——呵。"布雷恩笑了，像木偶一样扬起他的胳膊，在科迪眼前晃悠。"有时候戴表是没错的。"布雷恩说。

我们回到了远航者上（天还没黑，布雷恩真是白操心了）。晚上，船就一直停靠在港口，没有继续航行，因为多克舅舅说我们还得好好休整一下。

今天的天气更加晴朗了！

我第一次爬到桅杆上，坐在水手长的椅子上，去换停泊灯的灯泡。在桅杆上，能看到好远好远的地方，一直看到布洛克岛的尽头，看到海的另一边：海水，无边的海水；天空，无尽的天空。而且桅杆上没有别的支撑，在上面就能更明显地感受到船的摇摆和水面的波动。海风吹拂在脸上，掠过发梢，大海的气息迎面扑来。多么自由啊！

后来，趁着多克舅舅在鼓捣船上的电器，科迪和我回到岸上，沿着海滩走到灯塔旁，然后又来到鸟类保护区。科迪看见一只毛茸茸的雏鸟，说道："嘿，小鸟。嘿，你个小毛毛球。"我听了很惊讶，因为平常他总是在练肌肉，完全想不到他对小鸟能这么温柔。我们离开的时候，他还回头说："再见，小鸟。"

他真是个有意思的小伙子。刚刚他还在讨论"小妞"呢，这会儿又跟小鸟说起话来了。

我们的航行还没正式开始，大家就自由散漫起来。我随手找到一件干衣服就穿上身。我每天晚上都累到快瘫倒的时候才倒头睡去，然后第二天一听到驾驶舱里有人说话又马上醒过来。不过，我已经准备好了投入大海的怀抱。我想前进，我想航行，一直到大海的深处，在那里，没有白天和黑夜，时间是一个连续的整体。我想捕到一条鱼，想直接接受大海的恩惠。我想成为一名航海家，一名远航者，一直航行到博比那里！

8
笨蛋和孤儿/科迪

　　昨晚，为了躲开老爸，我跟苏菲和布雷恩一起去了岛上。布雷恩烦死我了。刚开始，他问了我一万遍他穿的衣服合不合适，是不是该带上夹克；紧接着，又跟我们说怎么划桨、怎么把小艇系在岸上，啰里啰唆的。接下来，他恐怕就该告诉我该怎么呼吸了。

　　布雷恩还老惹苏菲。苏菲说，她妈妈不喜欢听我把女孩叫作野生动物或小妞，布雷恩就停下来，说她妈妈又不在跟前，所以，很遗憾——他还挑逗地加了一句："再说了，你指的是你的哪个妈妈？"

　　苏菲表现得若无其事，她捡起一块石头，在水上打水漂。"看呀！"她说，"你能扔这么远吗？"我看不出来她到底是没听见他的话呢，还是故意不理这茬儿。

　　我让布雷恩闭嘴。他说："我不想闭就不闭。"这个笨蛋。

今天，我们甩掉布雷恩，就苏菲和我两个人又来到岛上。苏菲比船上其他人都容易相处。她总是在深呼吸，对着海风、海浪和太阳微笑。她从来不去管别人的闲事。

我差点儿踩到一个东西。我们发现了一只毛茸茸的雏鸟，它孤零零地缩在树丛里。我脱口而出："嘿，是个小孤儿！"

苏菲说："不是的！"她用手把它捧起来，放回我们刚才看见的鸟巢里。

我真后悔说出了"孤儿"这个词。

苏菲今天还爬到了水手长的座位上。多克伯伯一直站在甲板上，看桅杆上的那个停泊灯，琢磨着怎么换灯泡。

"要我上去换吗？"苏菲说。

"也许该让布雷恩去换。"他说，"布雷恩，你上去，到水手长的座位上去，把那东西换了，好吗？"

"没门儿！"布雷恩说。他看上去有些害怕。桅杆非常非常高。

"科迪，你去换吧！"

"我不想去。"我说。哦，我不是害怕，只是不太喜欢高的地方。

苏菲说:"听我说!我最轻,个子也最小,我上去最合适。我想上去!"

"我不想让你受伤。"多克伯伯说。我猜,他的意思是,要是布雷恩或者我受了伤,他倒不在乎。哼!

苏菲说:"哎,难道在整个航行过程中你都要这么对待我吗?难道你什么事情都不让我做吗?"

于是,多克伯伯很不情愿地让她上去了。你真该看看她的样子!她一直咯咯笑着,嘴里还大喊:"哇——喔!"她飞快地爬到桅杆顶上,换好了灯泡,然后说:"我在这里待一会儿,晃一晃,行不?这里太棒了!"

多克伯伯说:"她可别受伤了。"

昨晚,每个人都要宣布在这次航行中教别人做些什么。这可是斯图叔叔的好主意。多克伯伯教我们看海图,布雷恩教航行的一些要领(谁知道那到底是什么),斯图叔叔教怎么用六分仪,我爸教无线电码之类的东西。我教大家玩杂耍,这可激怒了好几个人,因为他们觉得玩杂耍太傻。可是我不在乎,我觉得玩杂耍很酷。

当苏菲说出她要教的东西的时候,整个场面变得怪怪的。她说她要给我们讲博比的故事。

"你怎么知道博比的故事呢?"布雷恩问。

"他给我讲的呀。"

大家陷入了一片沉默。

过了一会儿，布雷恩跟我说："她说的是什么鬼话？她从来没见过博比！"

"别管她。"我说。

9

剁鱼头／苏菲

那天一大早，我们就离开了布洛克岛，因为接下来有大约十六个小时的航程。我们要前往玛莎葡萄园岛。大家都来到了甲板上。

"啊哈！使劲儿吹呀！"科迪冲着海风大喊大叫。科迪喜欢将航海的术语同脑子里冒出来的任何词混在一起乱说一气，这让他爸爸很生气。而且他说的航海术语要不就是错的，要不就是用在了错误的场合，要不就是他一股脑儿地说出一大堆不相干的话。"卷起舵，举起帆，出发啦！"只要科迪这么一说，摩舅舅就气得咬牙切齿的。布雷恩和斯图舅舅也不喜欢科迪这样胡说八道，不过多克舅舅似乎并不在意。我倒是觉得挺好玩儿的。这让我觉得航行中不必太过小心，非得事事正确。

"卷起桅杆，抬起帆杠！"科迪又在乱喊。

"闭嘴吧。"布雷恩说，"等到大家性命攸关，需要你喊口令指挥的时候，希望你能喊对。不过那时候，你可能也不知道该怎么喊了。或者，你喊了大家也不敢听你的，因为你总是在乱喊。"

"哎，别急嘛，布雷恩。"科迪说，"收帆啦。"

一整天，洋流和风都很顺，鱼群也一路跟随着我们前行。我们捕到了七条青鱼，其中两条溜走了。我杀了（杀了！）这几条青鱼，剁掉（剁掉！）鱼头，接着开膛破肚（开膛破肚！）。斯图舅舅和布雷恩站在旁边盯着看。看得出来，他俩都希望看见我吓得要命或者搞得一团糟的样子。

"先用棒子打死，"斯图舅舅指挥道，"打两只眼睛中间。"

"用绞车的把手打。"布雷恩说。

"打轿车把手。"科迪说。

"不是轿车，白痴，"布雷恩说，"是绞车。而且不是她打绞车，是用绞车的把手打鱼。"

"别急嘛，伙计，别急！"科迪说。

我用绞车的把手把可怜无助的鱼打昏了。

布雷恩在一旁说："关键是要尽快弄死它们。"

这真让我下不去手。我心里一直在自责，吃了那么多肉和鱼，但吃的时候从来没想过这些肉是怎么来的。

"你觉得它死了吗？"我问。

"没有，"布雷恩说，"把它的头剁掉。"

"干掉它！"科迪说，"砍头！"

我把鱼头剁掉了一半，心想，没事的，苏菲，它感觉不到的——可就在我接着剁的时候，这条鱼忽然啪啪地蹦跶起来。

"快点儿。"斯图舅舅说。

"是啊，快点儿！"布雷恩也在喊。

后来我发现，对我来说，最困难的不是把鱼打晕，不是面对血淋淋的场面，不是掏内脏，不是切断鱼头，最困难的是弄断鱼的脊梁骨。这个活儿让我的心怦怦乱跳。当我用手指头折断鱼的脊梁骨——鱼的生命线，把鱼头往左或往右一拧的时候，我感到某种东西——压力，张力，能量，或者是纯粹的生命的力量？——在那短短的两三秒之间溜走了。那种力量去哪里了？

今天，我们干得很漂亮，只用八个钟头就到了玛莎葡萄园岛的港湾，仅仅是预计时间的一半。

"我们是航海家！"看见陆地的时候，我大喊道。

科迪接着大喊："陆地到了，停车，停机，停船！"

我们之所以在这里停留，是为了拜访多克舅舅的朋友乔伊。在过去整整五年里，他一直在修理沼泽里发现的一艘老木船。乔伊的船完美无瑕，里外都是硬柚木装饰的，外观很时髦。

我不停地摩挲着那些漂亮的木头，直到多克舅舅说："没错，它很漂亮，不过我的最爱还是远航者。"我觉得，他看见我对乔伊的船爱不释手，有点儿忌妒。

"多克舅舅，我也觉得远航者很漂亮，"我说，"而且要让我选一艘船横渡大海的话，我还是选择远航者。"

"没错，"他说，"我也是。"

乔伊请我们去他的小屋里吃饭。待在屋子里，我感觉有些怪。空间浪费得太多了！这里面其实能装好多好多东西！在船上，每样东西都有自己待着的地方，每样东西都很紧凑小巧，而且船上没有无用的东西，因为船上没有多余的空间放废物。

晚饭后，科迪和我坐在码头上，这时，布雷恩跑出来说："出事儿了。"

科迪问："你什么意思？"

布雷恩踢了踢码头，说："刚才多克和乔伊在厨房里谈话，我进去找水喝，他们一看见我立刻就不说话了。他们是不是在谈论我？"

"别自以为是了。"科迪说。

"好吧，那你觉得他们在谈什么？他们有什么秘密？”

“我怎么会知道？”科迪说。

“有时候，人都会有自己的秘密。”我说。

“就你知道。”布雷恩说。

布雷恩像一只啄木鸟在啄木头一样，板着身体笃笃笃地走开了。我拿着睡袋，来到甲板上坐下来，摊开了日记本。这时，我心里高兴起来。

斯图舅舅一直喜欢把睡袋拿到码头上去睡。科迪问他：“你怎么啦？晕船吗？”

“我从不晕船，”斯图舅舅说，“我喜欢在码头上睡。”

“好吧。”科迪说。

我也会很快写完日志，放下笔，躺在甲板上进入梦乡。头顶有满天的星星，耳边是桅杆和绳子碰撞的声音。我喜欢躺在船上被海浪摇晃着，像婴儿那样入睡。

10

啊 哈／科迪

啊哈！我竟然能参加这次航行。我们一路乘风破浪，伙计！而且还不用和我爸一起值班，太好了。除了布雷恩，没人烦我。不过，布雷恩也比我爸容易对付，不理他就是了。

苏菲捕鱼的时候真是惊天动地。我从没见过谁干这么简单的事就激动成那样。不过，她收拾第一条鱼的时候，我觉得她都快吐了。她不停地说："它还活着！它好疼！好痛苦！"等老爸把鱼煮好时，苏菲说她不饿。

老爸一个劲儿地烦我，一个劲儿地让我不要教大家玩杂要。

他说："你就想不出别的东西教大家吗？"

我说："想不出来。"

11

玩杂耍 / 苏菲

今天在远航者上要干的活儿很多。我一直在收拾底舱，给这个奇妙的玻璃纤维制品涂抹树脂，堵住所有的小缝隙。

多克舅舅说："你干得不错。"本来，我希望他会在其他人面前表扬一下我的活儿干得漂亮，可他却说："我想我们该起程了。这里有关船的'态度'太多了。"

"怎么呢？"我问。

"比如，我的船比你的船好，或者我的船比你的船大，诸如此类，就是关于船的'态度'。"

我认为他对远航者的状况有些敏感。不过，看到港口里的其他船以后，我才觉得我们的船确实很奇怪。那些船都好漂亮！船上的人都衣着光鲜，在甲板上不停地东擦擦西擦擦。船上的所有东西都各就其位，很整洁。

再看看远航者，船身上沾满了堵漏材料留下的污渍，甲板上还有不知谁留下的白色脚印，我们的衣服也凌乱地挂在绳子上。甲板上还有一堆锅碗瓢盆，我和科迪把这些东西搬上来是要好好洗一下的。我们自己都穿着脏兮兮的短裤、T恤，还戴着头巾。

"该起程了。"多克舅舅嘟囔着。

"啊哈！"科迪说，"把锚发动起来！"

摩舅舅还在甲板上休息。"科迪，"他说，"你省省吧。"

"省省锚！"科迪说。

"你去帮布雷恩看一下海图，"摩舅舅说，"好歹也让自己有点儿用。"

科迪越过船舷一下子跳到了水里："有人落水啦！咕噜，咕噜，咕噜。"

科迪的举动让人想不笑都难。不过，有时我也确实在想，他脑袋瓜里到底有没有脑子，或者他是否会想一些严肃点儿的事。而且我开始觉得，要是连续整整三个星期都跟他一起待在这么小的船上，也挺让人心烦的。

今天，布雷恩试图教我们一些航行的要领。其实，我们大多数人已经知道了，而且，就算我们不知道，想让布雷恩教会我们，那也是不可能的。他一头就扎进风与船帆和船向的关系中，解释得相当复杂。

"所以，如果风迎头刮来，"布雷恩演讲似的说，"这就叫迎头风……"

"硬头风？是这样的吗？"科迪敲了一下自己的头。

布雷恩没理他。"如果风从侧面吹来，就叫侧风……"

"扯风？就像这样？"科迪探出身子，做出用手去扯东西的样子。

"科迪，你少捣乱。如果风从船尾吹来……"

"什么是船尾？"科迪问道。

"你连这都不知道？"布雷恩吼起来，"船尾就是船的后部。你要是不好好听……"布雷恩的口气里带着威胁的味道。

"我不明白为什么要学这么一堆名词。我是说，我们搞不清什么是迎头风，什么是侧风，那又有什么关系呢？我只要知道怎么做就行了，对吗？它们叫什么名字不重要吧。"

布雷恩说："你真的知道该怎么做这些事吗？比如，如果风从我们后边吹来，该怎么做呢？怎么控制船帆？"

"我知道这些干什么？"科迪说，"其他人好像都知道，而且其他人总是在那里发号施令。所以，我只需要按照别人说的去做就行了。我扯帆跟别人扯得一样好不就行了？"

"哼。"布雷恩很不高兴。

后来，我们还跟着科迪第一次玩起了杂耍。我觉得他是个好老师，因为他从最简单的开始教，刚开始只需要将一个东西向上抛。我们拿成包的脆饼来做练习。

"愚蠢。"布雷恩说。

摩舅舅正在值班，可是他也扭过头说："玩杂耍，哼！"

然后，科迪让我们抛两包脆饼，一只手一包。这也很简单。可加上第三包脆饼后，我们都变得笨手笨脚的，好多脆饼纷纷掉到了海里。

科迪说："这全靠手的动作，要掌握好节奏。"

"太愚蠢了。"布雷恩说。

"这能帮你协调身体动作。"科迪说。

"我的协调有问题吗？"

结果他俩吵起来了，杂耍课就在争吵中结束了。

布雷恩和多克舅舅在看航海图，还不停地拨弄收音机想听一下天气预报。明天，我们要起程去新斯科舍省，这一段航行要花三四天，完全看不见陆地。看不见陆地！我简直难以想象。我想象不出眼前全是海水，只有海水，除了海水还是海水，会是什么样子。

"这将是我们第一次正式亮相。没错。"多克舅舅说。

斯图舅舅用手指敲打着桌面："天气预报说情况不太好。"

"哎，小小的天气不算什么。"摩舅舅说。

12

吧啦、吧啦、吧啦／科迪

倒霉的一天。

傻瓜布雷恩一直在吧啦、吧啦、吧啦，喋喋不休地说着航海的要领，好像有关航海的一切他都知道似的。

但他不知道怎么玩杂耍，这是一定的。

今天早上，布雷恩对我说："你更喜欢苏菲，而不是我，对不？"

我说："没错。"

嗯。这是事实。明天苏菲就要讲博比的第一个故事了。嗯，这肯定很有趣。

13

试 航 / 苏菲

我已经搞不清今天是什么日子了，整天轮流值班让我没有了时间感。

刚开始的两天，都是两个人一组值班（我和多克舅舅一组），每次四个钟头，休息八个钟头后，再值班四个钟头。四个钟头很漫长，尤其是天黑的时候，你身体的每块肌肉都感到紧张，因为必须非常仔细地倾听和观察。那时，其他人都睡了，你心里会时刻想着，只有你们两个人在保障其他人的安全。

在海上，日夜交替没有了，有的只是不同程度的明亮和黑暗，它们相互融合、相互转换。好像很长很长的时间长河在你眼前展开，围绕着你。不再有昨天或前天，这让人觉得很奇怪，因为这样的话，明天又是什么呢？上星期或去年又是什么呢？而且，如果没有过去——或者十年前，那么所有的时间都会成为现在，形成一个无比巨大的被称作现在的东西。

这让我觉得太奇怪了，好像我只要说"我现在四岁"，就能重新回到四岁一样。可是，这不可能。人真的不可能回到过去。到底可不可能呢？

我们正穿越缅因湾，驶向芬地湾的大马南岛，那个岛就在新斯科舍省西边。多克舅舅把风叫作"任性的女士"，因为它时有时无，反复无常。昨天（我仍然得用"昨天"这样的词，不然，我不知道怎么说之前发生的事），我们遇到一阵浓雾，多克舅舅背诵了一首诗，诗里说，雾像猫走路一样静悄悄的。我抬眼望着灰色的浓雾，仿佛看到几百只小猫在蹑手蹑脚地前行。后来，雾越来越浓，光线越来越暗，我想象着一只大老虎正迈步向我们走来——它轻轻地抬起毛茸茸的、优雅的爪子。

值班的时候，我突然被一种忧伤的、孤独的情绪所笼罩。看着重重的灰色迷雾，我忽然不想离开北美海岸，不想远离大陆、远渡重洋。可我的忧伤没有持续多长时间，因为起风了，很强的北风。这下子，我们不得不调整航速和航向。海浪非常高——有六到八英尺的样子——至少我觉得很高，可斯图舅舅还把它们叫作"婴儿海浪"。

"你害怕了吗，苏菲？"斯图舅舅问我。他好像盼着我害怕一样，所以我说："没有，一点儿也不怕，一丁点儿也不怕。"其实我真的害怕了，只不过不想让他知道。

甲板下面乱成了一团。轮到我和科迪做午饭了，在我们面前，各种食物撒得到处都是。

"小心航海锅！噻噻，真烫呀，那个什么！"科迪大喊着，锅里的热汤洒了出来。

"科迪，你就不能正经点儿？"我说。

他把一个蛤蜊投到了汤锅里。"哦，伙计，"他说，"不管是谁，早晚都会问我这个问题。"

我想这是个让他敏感的话题。

远航者的第一次试航遇到了几个问题：尾舱有点儿漏水，机油箱也进了水。我们花了很多时间在船底爬来爬去，一有问题就马上解决。到目前为止，我们已经堵住了所有漏水的地方。在紧急情况下（比如看见有地方漏水），如果只需要一两个钟头就能靠近陆地；或者附近还有许多船，可以随时向它们求援的话，你就不会太担心了。可是，一旦我们从新斯科舍起航，就远离大陆了，那时再遇到严重的漏水怎么办？

我想都不敢想这件事，我宁愿想一些好兆头：海豚已经拜访过我们三次了！它们总是三五成群地来，在船边游弋。当我们乘风破浪快速行驶的时候，它们喜欢凑过来，好像在跟我们比赛。它们在船头嬉戏，一会儿钻出水面，一会儿又钻进去，有时离船身只有几英寸①远。

这是我见过的最优雅的生灵，它们在水面上自如地滑行，好像不费一点儿力气，而且随时能拍打着鳍跃出水面。

科迪管它们叫"亲爱的"。"来，亲爱的海豚！到这里来吧！"

每次它们离开的时候，我总是很哀伤。科迪跟它们道别："再见，亲爱的海豚！再见！"

我们已经改成每次三个人值班了，因为海上经常起雾（现在科迪跟我一起）。这段时间，我一直裹着厚厚的衣服，看着太阳在船头升起，又看着月亮在船尾落下。我累极了，身上潮乎乎的，特别想冲个澡。不过，我还是觉得船上的生活像天堂。

每天我都学到很多新的东西，而且学到的越多，我就越意识到，关于行船、水、导航以及天气，我还有很多东西要学。今天，斯图舅舅教我们用六分仪。这件事做起来比我想象的要难。斯图舅舅跟布雷恩不停地训我和科迪，说我们必须学会看六分仪，否则别想离开座位，

---

① 1英寸约等于2.54厘米。

因为他们的性命有时候会完全掌握在我俩手上。

科迪开玩笑说："你们最好别把活下去的希望寄托在苏菲和我身上。"

斯图舅舅听了很光火。"科迪，不要什么事都拿来开玩笑。身处茫茫大海之中，一旦出了什么事，你就会祈祷，希望船上的每个人都有能力做点儿什么，好挽救你的性命。所以我希望你也能为大家做点儿什么。"

"好的，好的，听见啦。"科迪说着爬到甲板下去了。

这一次，就连多克舅舅也生气了。他说："真希望这个孩子能上点儿心。"昨天晚上（要不就是昨天下午，或者前天早上），我做了个梦，梦里我们漂荡在海上，没有吃的，大家都瘫在甲板上，浑身乏力。小船随波逐流，漫无目的地漂着。这时，一只海鸥从头顶飞过，落在了帆杠上，布雷恩说："打死它！打死它！"

现在是下午两点左右，太阳穿过云层照下来。我们离大马南岛只有三十六英里①了。我们希望能在天黑前到达。现在轮到我值班了，这下该忙活一阵了。

---

① 1 英里约等于 1.609 公里。

14
博比和汽车／科迪

今天，我听见布雷恩问斯图叔叔，苏菲的亲生父母到底出了什么事。

斯图叔叔说："不知道。"

"你怎么会不知道？"布雷恩问。

斯图叔叔耸耸肩："这事没人跟我说过。"

于是，我又问老爸苏菲的亲生父母怎么了。他说："有朝一日我会告诉你的。"

"现在就告诉我吧。"

"不行。我觉得不行。"

因为我不懂航海的那一套行话，所以挨训了。因为我喜欢说笑话，所以又挨训了。可能我喘口气，也会挨训。嗯，差一点儿吧。

今天，苏菲讲了博比的第一个故事。故事大概是这样的：

博比年轻的时候住在农村，家里很穷，根本没有汽车。可是有一天，家里人拿两头骡子换了一辆车。但问题是，一家人谁都不会开车。不过，博比曾经坐过汽车，他觉得开车应该不难。于是，他自告奋勇去镇上把车开回来。

那天一直在下雨，不停地下啊下啊。你真该听听苏菲是怎么讲这个故事的。她讲得非常投入。说起下雨的时候，你仿佛觉得雨点儿真的落到了自己头上。你甚至可以感觉到雨滴，闻到雨的气息。她讲得真不错。

不管怎么说吧，反正博比出门去取车了。雨一直下啊下，下个不停。他开着车往回走，来到了小河边。他必须把车开过河，但河上没有桥。以前走路或者骑骡子的时候，都是直接蹚水过河的。

于是，博比直接把车开到了河里。可水流太急，唰唰唰地冲啊冲，像一堵高高的墙朝他拍过来。博比大叫一声："喔！驾！"但汽车不听他的使唤，水把车冲翻了，博比好不容易才从车里爬出来，眼睁睁地看着一辆新车被水冲走了。

回到家，他爸抽了他一顿，他妈却给了他一块苹果馅饼。

"她为什么给他苹果馅饼呢？"布雷恩问苏菲。

"因为她很庆幸他还活着，就为这个。"苏菲说。

"可是，你是怎么知道这个故事的？"布雷恩问。

"布雷恩，住嘴。"多克伯伯说。

苏菲回答："因为博比讲给我听了，所以我知道。"

谁都看得出来，布雷恩还有话想说，但最终他没说。谁都没再说什么。

我坐在那里，脑子里想着博比从车里爬出来的样子，还有他妈妈给他苹果馅饼的情景。

今天，苏菲和多克伯伯都能同时抛三包脆饼，而且可以连续玩两三分钟！他们非常兴奋，我自己也感觉良好——我真成老师啦！

III 岛 屿

15

大马南岛/苏菲

　　我们到达大马南岛的时候是日落时分——是不是昨天？当时，天空染上了一片玫红色外加薰衣草的淡紫色，美得像天堂一样！

　　我觉得不论到哪里，都有多克舅舅认识的人。前往海豹湾的时候，多克舅舅用无线电跟陆地上的人联系，陆地上的人就给他的一个朋友打了电话——那个朋友的名字是弗兰克。我们到达海港外面的时候，弗兰克已经等在那里，准备给我们领航了。海港周围有防波堤，里面停满了渔船，远航者是驶进来的唯一一艘帆船。港口里的船停得满满当当的，看上去很像城里的停车场。弗兰克让我们全都挤上他的货车，然后拉着我们去几条街以外的他的家。下车后，我们见到了他的家人。当时，我们一个个都有点儿站立不稳。

在这里，我深深地爱上了鱼和捕鱼。我没办法不喜欢。生活在这里的所有人都跟鱼有关：有的捕龙虾，有的捕青鳕，有的捕鲱鱼，要不就在工厂里装沙丁鱼或鲱鱼罐头。鱼鱼鱼，到处都是鱼！

今天，我们全都坐上他的弗兰克堡号渔船去捕龙虾。弗兰克最初只买了个船壳，然后自己安装船上的所有东西。凡是人亲手做的东西我都喜欢——这是化腐朽为神奇的力量。

可布雷恩不喜欢，他说："苏菲，你太夸张了，这只不过是一艘小船。"

只不过是一艘小船？！我觉得，不管是谁都能在这艘船上消磨好几个月。你能看到一桶一桶的诱饵、装满龙虾的筐子、用来捆扎龙虾螯的皮筋、水管、渔网，还有一些挂满了鱼的黏液和海藻的工具。也许有朝一日，我也会当一个捕龙虾的渔民，谁知道呢？

科迪说："苏菲，你怎么会喜欢这些东西？"

"嗯，你不明白吗？"我说，"你难道不喜欢想象一下，如果自己是渔民的话，生活会是什么样子吗？你整天都可以呼吸到海的气息……"

"还有鱼腥味，"他说，"你可能会讨厌鱼腥味的。"

"你也可以把它想象成世界上最好闻的味道。你也许会喜欢每天都呼吸这样的空气，喜欢收拾鱼，还有……"

"好了，苏菲，"他说，"你要是喜欢就喜欢吧。"

我们拖上来的罐子，有一些是空的，里面的诱饵只剩下白白的鲱鱼骨头。

"诱饵都哪儿去了？"我问。

"让海蚤给吃了，"弗兰克说，"海里到处都是这种东西，很小很小，几乎看不见。它们喜欢这种饵料。你要是掉到海里第二天才被捞上来，你的肉就会被海蚤吃个精光，你的骨头就会沉到海底！"

科迪将我一把举起来，把我挂在船舷边，说："你想试试吗？"

"科迪，这一点儿都不好玩。"我说。我可不喜欢让海蚤把我啃得只剩下一堆骨头。

我们看见一只带子的雌龙虾，有几百万颗橙色的小米粒一样的子附着在它的身子底下。

"你个甜心，回去吧，"弗兰克说着，把它扔了出去，"去继续你生命的循环吧。"

我忽然冒出一个奇怪的想法：这只龙虾从船上被抛到海里，它就获救了；可是如果我被扔到海里，那就完蛋了。

昨天晚上我给家里打电话，妈妈问了我两百万个问题："你觉得怎么样？有没有晕船？穿得暖和不？安全不？害怕不？孤单不？"最后，爸爸接过了电话，说："好一场冒险哪！真是了不起的冒险！"

打电话之前，我原本觉得都挺好的。可是妈妈一连串的问题让我有些不安，好像她在期盼着我们的航行不顺利似的。我不断地跟她说，一切都好，不用担心，但到了该说"再见"的时候，我却说不出口。这样结束好像太残酷了，所以我说："暂时先这样吧。"我不停地重复"暂时"，直到他们也重复说起这个词，我才感觉好一些。

妈妈还说，她给博比打电话了，告诉他我们要去他那里，可他"听起来似乎有些迷糊"。

"这是什么意思呢？"我问。

"刚开始他好像想不起我是谁了，还一个劲儿地管我叫玛格丽特。"

"玛格丽特？是谁啊？"

"是你外婆，他的老伴。他让我很担心，不过后来他憋不住了，说他没事，只是在跟我逗乐呢。听说你们要去，他很兴奋。"

"嗯，好吧，"我说，"这很好，对吧？"

"嗯，很好。"她同意道。

16

停 留/科迪

这一段航程，我们停留的时间比航行的时间多得多。多克伯伯看起来好像不太想正式上路。我觉得这几次停留都挺奇怪的。也许这艘船确实有什么严重的问题，可只有多克伯伯知道。

今天，我问多克伯伯知不知道苏菲的父母怎么了。

"没什么事，"他说，"都在肯塔基呢。"

"不是这两个人，"我说，"是她的亲生父母。"

"哦。"他说。

"你知道他们出了什么事吗？"

"知道。"他说。

"那你跟我说说行不？"我问。

"不行。"他说。

"干吗不行呢？"

"那件事太惨了。"他说。

17

传统/苏菲

昨天，弗兰克的妻子对我说："出海航行，你可真勇敢！"她还说："你跟这些男人一起出海可真勇敢！"她问我，航行中他们是不是也让我干活。

"我得争取才行，"我说，"他们不是真想让我……"

"我想你应该只是负责做做饭、打扫一下卫生吧。"

"才不是呢！"我说，"那都是科迪的活儿！"

其实那并不是科迪的活儿，大家都要轮流去干。不过，布雷恩总有办法逃避。此外，科迪确实比我们更愿意干这些活儿。有一次，弗兰克和他的妻子到远航者上来闲逛，正好瞅见科迪在刷盘子、擦地板。弗兰克说："科迪，你会成为一名好主妇的。"从此，他老是管科迪叫"奶爸"。

科迪似乎一点也不嫌烦，他自己都拿这事开玩笑。

"奶爸为您服务！"他一边给大家伙儿送上奶酪和饼干，嘴里一边说着。他有时还说："小心点儿——奶爸要擦地板啦！"

我真希望自己在这样的场合也能像科迪那样幽默。每当有人看见我在使用笨重的工具，或者利索地爬上桅杆，或者用玻璃纤维做点什么就大惊小怪的时候；或者，有人觉得我只应该洗菜做饭的时候，我就会很生气。我说话老是气呼呼的。我真该像科迪那样。一个人要是能把这种事当作笑话看，别人也就不会当真了。

昨天，我们去挖蛤蜊，弗兰克扭头看着我说："这下子，你有很多蛤蜊要炒了！"

我说："不，我才不炒呢！我又不是船上唯一负责做饭的人。"

"哦。"他讪讪地说了一句。

我想，我说话这么生硬，肯定让他不好受。想到这里，我心里也很不好受，因为他对我们都非常好。我必须学会在某些时候少说话。

现在，我要说说挖蛤蜊的事。希望不要讲得太无聊，可我想把这段经历写下来，免得忘记。人总会忘记，忘记生活中许许多多的细节。以后要是有人想知道你当时是怎么想的或者怎么做的，你可能都记不起来了；或者，你生病了、离开了、发生了别的意外，你就不能告诉别人，别人也就永远都不会知道。生命中的这些内容就好像被海蚤吃掉了一样。

有一次，我问妈妈，博比是怎么记住一生中所有的故事的，妈妈说："那些故事就像图片一样印在他的脑海里。"

"可那些图片要是被擦掉了怎么办？"我说。

"嗯，怎么会呢？"她说。

落潮的时候，我们都跟着弗兰克的父亲去挖蛤蜊。老人家七十九岁了。我们在沙滩上找气泡的痕迹，然后就开始挖。可洞口附近总有很多海藻，还有很多水，所以挖了之后也看不见洞里有什么。而且，这地方有很多石头，蛤蜊都藏在很深的地方，所以挖起来并不容易。

看见沙子上有气泡，就知道下面有活物，它就在沙子下面，这是一种很奇怪的感觉。我感觉好像我挖出来的不是蛤蜊，而是一个人。这种感觉真奇怪。

才挖了二十分钟，布雷恩和斯图舅舅就抱怨没意思，还说裤脚被弄湿了，不喜欢总是弯着腰。"忙活半天就为了一只小小的蛤蜊？"斯图舅舅说。

弗兰克的父亲一边挖一边跟我们闲聊："我跟我的父母一样，就出生在这个小岛上，一辈子都生活在这里。我的十二个兄弟姐妹，还有我们所有的孩子，都生活在这里。我几乎天天出来挖蛤蜊。我也喜欢待在花园里。要是有机会我还会去猎鹿。生活很好，真的很好。"

我能看出来，这样的生活有多么美好。你可以跟一个大家庭生活在一起，所有的人都互相认识、互相帮助。

我好像在大马南岛还没待够，而且，在了解大马南岛的过程中，我也听到了几个舅舅的一些事。在挖蛤蜊或者收龙虾筐的时候，还能有别的收获，这真是太让人惊喜了。

我发现，我的三个舅舅从小就希望到海上航行。他们一直在谈论、计划着这件事，梦想着能实现它。

"你们有没有想过真的这么做？"我问。

"没有。"摩舅舅说。

"你说什么呢？"斯图舅舅说，"我们当然想过真的这么做，我们都想过。"

"我没有。"摩舅舅说。

"可是你说过——你不停地说——你还让我们给船起名字，还老是拿地图给我们看，还……"

"那都是闹着玩儿罢了，"摩舅舅说，"不是吗？"

"闹着玩儿？闹着玩儿？"斯图舅舅急了。

"我想过我们会真的去做，"多克舅舅平静地说，"我知道我们会去做。"

我还问他们，我妈妈小时候有没有参与这个计划：
"她是不是也想去？"

"谁？"斯图舅舅说，"你是说克莱尔吗？"

"她说的当然是克莱尔了，"多克舅舅说，"她想知
道克莱尔年轻的时候是怎么想的。"

"哦，"斯图舅舅说，"不，克莱尔不想跟我们做这些
事。她觉得我们脾气古怪，让人讨厌。"

"说你自己就行，别把我扯进来，"多克舅舅说，"克
莱尔跟我脾气相投。"

我还发现，摩舅舅的名字其实是摩西，可是他小时
候经常挨打（"你想想，"他说，"你希望被人叫摩西①
吗？"），于是他把名字缩写成了摩。

而多克舅舅的真名竟然是约拿！

"约拿这个名字后来怎么变成了多克呢？"我问。
"小时候，"他说，"我喜欢船。可是有一天，一个老水
手跟我说，约拿这个名字对水手来说可不好，因为《圣
经》里说，在海上，约拿给同伴带来了噩运。你知道那
个故事吧？讲的是约拿让上帝发怒了，上帝就掀起了风

---

① 摩西，犹太人的先知，以色列历史上举足轻重的人物，在《圣经》
里经常被提及。因不听上帝训导，被上帝责罚不可进入迦南。

暴……"

"约拿被鲸鱼吞掉了。"布雷恩插话。

"没错,没错,是的。所以那个老水手说,约拿对我来说不是个好名字。他叫我多克①,因为我老在码头上转悠。"

布雷恩凑过来说:"可他实际上还是约拿,所以,你觉得他会不会给咱们带来噩运呢?"

"布雷恩,"我说,"有时候你心里想的事情不应该说出来。"

但我开始担心,我们当中的某个人可能会让上帝发怒并掀起风暴。我被这种担心困扰着,就像杞人忧天一样。于是,我转而思考起名字的含义来。我想,人是不是一定会受名字寓意的影响,变成名字所指的那个人呢?比如,布雷恩看起来就像叫布雷恩的人,科迪就像叫科迪的人。我是不是像叫苏菲的人呢?苏菲应该是什么样子呢?

后来,我又开始想博比。我知道博比只是小名,可我不知道他真正的名字是什么。我现在就想找个人问一问。

---

① "多克"是英语单词dock(码头)的音译。

18

博比和火车/科迪

今天，我抱怨大家留在大马南岛不动弹了。苏菲说："博比这么跟我说：你去哪里不重要，去的过程才最重要。"

"嗯，可是我们哪儿都去不了，是不是？"我说。

"我们已经到了呀！"她说，"我们在这个美丽的岛上抓龙虾，挖蛤蜊。这也是航程的一部分！我们是远航者！"

我不懂她是怎么想的。哪怕再小的东西——比如说捕龙虾的笼子——她都会看上半天，并提出一百万个问题，然后还要拉一拉、碰一碰、闻一闻。你会觉得，好像她长这么大一直被锁在笼子里，刚刚才被放出来，所以看见什么都好奇。

说实话，在看到苏菲对龙虾这么有兴趣之前，我丝毫不觉得龙虾或者捕龙虾的笼子有什么让人惊奇的。但她一直不停地说呀说，说自己想当一个捕龙虾的渔民，或者想要亲手造一艘船。她激动地喋喋不休，最后让你觉得，那样的生活可能也不错。

可你再听听布雷恩是怎么说的，他说：这样的生活糟透了，冬天冷得要死，还不能捕虾。另外，要是船漏了怎么办？

听他们俩说这些话，简直让人头昏脑涨的。我现在也开始想一些事了。我觉得苏菲有点害怕水。我只是这么觉得。

布雷恩仍然在纠缠苏菲。我们挖蛤蜊的时候，她说有一次跟博比一起去挖蛤蜊，他们用脚指头来找蛤蜊，而不是用耙子。布雷恩说："说谎，你从来没和博比一起挖过蛤蜊。"

"挖过。"苏菲说。

"没挖过。"布雷恩说。

"挖过。"苏菲说。

昨晚，我们给家里打了一通电话。这次感觉有些奇怪：老爸同老妈通了话，在把电话交给我之前，他凶巴巴地冲她说了一通。老妈说话的声音很小。她说："科迪？科迪宝贝？你要是改主意了就回来，回家来就行了。"

"我干吗要回去呢？"我说。我不想说话这么狠，可是老妈一定觉得我挺狠的，因为她开始抽泣了。"哎，老妈，"我说，"没事的，我们都好着呢。老爸总是睡觉，不过他最近不怎么烦我。"

事实并不是这样，但老妈不喜欢听实话。我真搞不懂老爸当初为什么要我来参加这次航行。他完全可以自己来，这样就可以一两个月见不到我，也不用生气了！

现在待在陆地上哪儿也去不了，不过，这样也有一个好处：不用听布雷恩瞎絮叨了。

我们去挖蛤蜊的时候，苏菲又讲了一个博比的故事，故事是这样的：

博比像我这么大的时候，住在俄亥俄河附近。那里的河水很深，河面有一英里宽。有一座铁路桥横跨两岸。那座桥只许火车通过，桥上到处都挂着牌子，警告人们不要走这座桥，因为一旦火车来了，人就没地方躲。

有一天，博比想过河，他特别想到对岸去。那天风大雨急，他不想往下游多走两英里，去走那座允许人走的桥。于是，他就上了铁路桥。

你真该亲耳听听苏菲是怎么讲这个故事的。你会觉得，自己就在现场，和博比在一起，眼前是一条大河，狂风迎面吹来，雨水顺着你的脖子流到贴身的衬衣上。

博比顺着铁路桥走啊，走啊……走到中间的时候，你猜猜他听到了什么动静？嗯，当苏菲说博比要走铁路桥的时候，我就猜到他会听见火车开来的声音。他确实听见了火车开来的声音。听着苏菲描述火车从远处轰隆隆地开过来，你仿佛能感觉到铁轨的震动，还仿佛看见博比扭头去看：火车很快就会转过弯，迎面呼啸而来。

那时，他刚走到桥中间。他开始朝对面跑去，不停地跟自己说："喔——驾！喔——驾！"可是铁路上铺的石子很滑，跑起来很难保持平衡，他根本就没办法快跑。火车的轰隆声更大了，他已经感觉到了地面的震动。黑乎乎的火车头开始转弯，就要上桥了。

博比知道，已经来不及跑到对岸去了。于是，他缩到旁边，钻过钢架，吊在桥的一侧。河水就在他的身下，从高高的桥上看下去，卷着泥沙的褐色波浪非常汹涌。

火车伴随着巨大的隆隆声朝他冲过来。他松开了手，掉了下去，掉到了湍急的河里。

讲到这里，苏菲停下来，看着我们每一个人。

"接下来呢？"我们都问道，"接下来发生了什么？"

"哦，他挣扎了好一阵。"苏菲说，"博比是头朝下掉到河里的，他以为自己这下子完蛋了。"

"接着呢？"我们又问，"接下来怎么了？"

她接着讲道，博比终于挣扎着露出了水面。一看到蓝天，他简直高兴得要死。他就那样躺在水面上，又是哭又是笑的。水流把他冲向下游，他就仰面躺在水面上，漂浮着，看着火车开过去。最后，他翻过身，发疯一样使劲游。他游啊游，终于游到了岸边。

　　回到家以后，父亲抽了他一顿，因为他的衣服上全是水和泥巴。妈妈却给了他一块苹果馅饼。

　　她讲完后，布雷恩说："我记得你说过，博比是在英格兰长大的。"

　　"我没那么说，"苏菲说，"我说的是他出生在英格兰，他很小的时候就离开了那里，可能是五岁吧。"

　　"呵。"布雷恩说。

　　"难道你对自己的外公一无所知吗？"苏菲问他。

19

伍德岛/苏菲

我已经完全把日子记混了。

天哪！博比的名字是尤利西斯①！虽然家里所有的人都叫他博比，可是很显然，他的一些朋友还是叫他原来的名字。我觉得真是难以想象——尤利西斯?！

我们还在大马南岛上。有时候我非常盼望能赶紧起航，盼望见到博比（尤利西斯）。但在更多的时间里，我就像被这个岛和岛上的生活施了魔法，几乎忘记了时间的流逝，忘记了自己曾在别的地方生活过，忘记了我还要去别的地方。

---

① 尤利西斯，希腊神话里的英雄人物，也叫奥德修斯。他取得特洛伊战争的胜利后，在与同伴回乡的途中，因得罪了海神而屡被阻挠，十年之后才回到家与妻子团聚。

昨天，科迪和我遇见了一个又高又瘦的德国女人。她牵着一只德国牧羊犬，邀请我们去参观她树林中的小屋。屋子很小，只有一间，而且没有自来水，也没有电。

"这是我自己盖的。"她说。

"全部是你一个人盖的吗？"我问，"一个人挖地基、夯土，你是怎么做到的？还有屋顶呢？窗子呢？"

"慢慢说，慢慢说，"她说，"你的问题太多了。"

我想成为这样的女人。我想象着自己住在这间小屋里，也养一条狗。白天，我会去捕龙虾，挖蛤蜊。

"你在这里不孤独吗？"我问。

"孤独？哈！孤独？从来不。我有一条狗。而且，想见人的时候就去港口；想真正安静一下的时候，就去伍德岛。"

她告诉我们，摇着小船从海豹湾去伍德岛只需二十分钟。"上面有几座房子，不过都废弃了。"她说，"现如今，岛上只有几个隐居的人，还有鬼魂。"

"鬼魂？"科迪说，"真的鬼？"他好像很感兴趣。

"嗯。"她说。

"真的鬼到底长什么样？"

她说，其中一个鬼是老人，穿着黑雨衣，戴着黑帽子，到处游荡。另一个是妇人，怀抱着婴儿，飘飘荡荡，唱着瘆人的歌。

"他们为什么在那里？"我问。

"你这么问是什么意思？"那个女人说。

"我是说那些鬼为什么在那个岛上，而不是在这里？"

"呵，你的问题可真多！"她说。不过你能看出来，她在思考，因为她不断地点头，头一会儿歪过来一会儿歪过去的。最后，她说："那些鬼要回到他们曾经住过的地方，也许他们把什么东西忘在那里了。"

我觉得她这么说很有道理，鬼可能真的会回去找他们落下的东西。

今天，科迪和我摇着小船去找鬼和隐居者。海上的雾很大，像浓烟一样。我们出了防波堤才一百多米，就看不见陆地了。我俩随身带着一些应急物品：指南针、手电筒、三罐饮料，还有半包糖果。我们在去的路上就喝掉了饮料，刚登上伍德岛不到五分钟，就吃光了糖果。

伍德岛上没有路，只有踩出来的小径连接着几座废弃的屋子。不过，我们找到了一个教堂，它被清扫得很干净，祭坛上还有野花和蜡烛。

"可能是那些鬼来这里打扫的。"科迪说。

我跪下来，为博比、为爸妈、为船上的亲人、为我们的旅程祈祷了几句。

科迪说："你为谁祈祷呢？"说着，他也跪下来，闭上了眼睛。我想他也祈祷了几句。

在一个废弃的屋子里，科迪发现了一条断了的项链，上面还穿着珠子。"给你，"科迪一边说，一边殷勤地递给了我，"也许你能把它重新穿好。"

他把珠子放到我手上的时候，我感到它们很温暖。而且，我觉得屋子里还有别的人和我们在一起，也许他们是鬼魂。我不知道他们出了什么事。他们的生命是不是只剩下这些东西？

我们继续往前走，希望能遇到一个鬼或者隐居者，结果只看见了两个男人，他们正在教堂附近盖一所房子。其中一个朝我们喊："哎，这样的天气，你们的衣服不容易晾干吧？"

"什么？"科迪迷惑地问，"你们说什么？"

"在港口，"他说，"在你们的船上，衣服都晾在救生索上。那里雾太大了，衣服不好干，对不对？"

"你们怎么知道那是我们的船和衣服？"科迪问。

两人笑了："附近可没多少外来客。"

科迪觉得他们太喜欢打听闲事了。不过，他们注意到了我们，我还是挺高兴的。这说明我们不是隐身人。

我们朝岛的深处走去，那里满地都是苔藓和腐烂的枝叶。我们就像在雪地上行走一样,脚踩在软乎乎的地面上,有时候还会陷进树叶下面的烂泥里。

周围一片寂静。仰望天空,看不见任何电线、电话线,或者路灯。只有鸟的鸣叫,没有汽车的动静,更没有割草机的吼叫。我开始幻想自己生活在这个岛上的情形。我可以建一座小屋子,与狗为伴。也许,曾经在这里住过的人还会一个个搬回来,重新住进他们的屋子。那时,这里又会充满生机。

太阳快要下山的时候,我们离开了伍德岛。海上的雾更浓了,船头外二十英尺①的地方就看不太清楚了。我不知道怎样才能找到回去的路。我突然感到很恐惧,浓浓的雾似乎要让我窒息了。

"深呼吸!"科迪说,"别担心,我有指南针!指南针愿为您效劳!"他跟我换了一下位置。"你划船,我来指挥。"他说,"朝左一点,不,不是那边,是你的右边,我的左边。好了,直走,喔——很好!稳住了,你偏了,好的,再往右一点,不是,是你的左边,我的右边。"

眼前只有浓雾、浓雾、浓雾。浓雾把海变小了。你感到自己只是在一个充满水汽和海水的小圈子里。

"稳住了,咱们没事,没有偏离航向,"科迪说,"继

---

① 1英尺约合 30.48 厘米。

续往前！"

我划得越来越用力、越来越快，真怕我们会消失。我们不停地前行，穿越迷雾。最后，科迪大叫了一声："啊哈！防波堤！"

我们终于到了，回到了防波堤的入口。这下子安全了。看来，科迪还是有点儿本事的。

回到码头后，我们看见摩舅舅、布雷恩和斯图舅舅跟一个渔夫在一起——在他的渔船上，正准备出去找我们。

"你们两个榆木脑袋究竟到哪里去了？"摩舅舅问。

"伍德岛，就是我们说过的那个地方。"科迪说。

"这个伙计说他刚才也在那里，根本没看见你们的影子。是不是？"

那个人点点头："没错，是这样的。我一整天都在那里，没看见过你们。"

"我们确实在那里，"科迪说，"我们四处走了走。"

后来我们才知道，这位渔民跟摩舅舅说，在大马南岛和伍德岛之间有流速高达四节[①]的急流。他还拿出海图给摩舅舅看，说我们有可能漂到大马南岛南面的芬地湾，那样的话，我们就会饥寒交迫，还会被货船撞翻。

_____

① "节"是国际上通用的航海速度的计量单位，1 节 =1 海里 / 时，1 海里约合 1.852 公里。

"嗯，我们又没出事，"科迪说，"我们没迷路，没漂走，没被冻着饿着，也没被货船撞翻。"

"但是有可能出这样的事。"摩舅舅说。

"可我们没出事。"科迪说。

他们说话的时候，我一直坐在旁边想，真是太险了，如果我们被冲到芬地湾怎么办？如果，如果，如果……

我又想，之前我怎么没想过可能会有危险呢？也许是因为我不知道那里有流速达到四节的海流，所以，没预料到会发生意外。我有些疑惑，到底是事先知道会有危险并为此担心好呢，还是最好什么都不知道，尽情地玩儿更好？

我脑子里翻来覆去都是这些问题，烦死了。我再也不去想这些事了。

20

小 孩／科迪

苏菲喜欢探索，我俩经常四处闲逛。我们故意甩开布雷恩，找机会划船去伍德岛。当我们走进一座废弃的屋子时，她不论见到什么小东西都想捡起来，好像一小片垃圾也是一个宝贝或一条线索。"你觉得这东西是谁的？"她说，"他们为什么要离开呢？"

她还拍拍墙，说："我可以住这里——如果我非得待在这个岛上的话。"

后来，我们又去岛的中心看了看。我觉得，那里仿佛到处都是鬼魂在我们四周游荡。传说中的那个女人和婴儿的鬼魂仿佛也跟着我们在树林里行走。我不停地问苏菲看见没有，她说没有。

她说："我不相信有鬼。我觉得鬼都是你脑子里想象出来的。"

我们继续踩着长满苔藓的小路走。我的胆子突然大起来。"苏菲,"我说,"我能问一些关于你父母的问题吗?"

"当然可以啦。"她说。

"他们到底出什么事了?"

她没有停下脚步,也没有迟疑,甚至一步都没走错。她的回答就好像跟多克舅舅事先排练过一样:"他们都好好的,都在肯塔基呢。"

"不是他们,"我说,"你另外的……"

"我父母在肯塔基。"她说,"你想不想赛跑,看看谁先跑到那块大石头那里?"说完她就跑了。

她怎么了?

我们越过那块大石头之后,她开始给我讲一个她认识的小孩。她说,这个小孩在很多地方住过。

"有多少个地方?"我问。

"很多,很多,很多。有一些地方还不怎么好。"

"那个小孩的父母在哪儿?"

"在另外的地方,所以这个小孩跟别人一起住。可那些人并不是真心想要这个小孩,因为小孩老耽误他们的事。你想不想赛跑,看谁先跑到那儿,就是那棵树那里?"

回去之后，老爸非常恼火，说我们很不负责任，说我们很可能被海流冲走。他啰啰唆唆地说个不停，我都快被惹火了，但苏菲捅了捅我的胳膊，小声说："至少他是在担心你。"

"可他的方式太让人受不了了，"我说，"老是大喊大叫的。"

布雷恩问了我上百万个问题。他想知道我们去哪里了，怎么去的，看见了什么，为什么不告诉他，回来的时候害不害怕，如果迷路了怎么办……他就这样缠着问类似的问题。

没有叫上他就独自去玩，我本来还觉得有些抱歉。可这时他又说，要列一个清单，把每个人每天都在做什么记下来，这样就能知道每个人的行踪。

"干吗要知道呢？"我问。

"因为，"他说，"我们必须知道每个人在哪里，是吧？以防有人走失或受伤。如果有人没回来，我们就会知道他在哪里，就会有人……"

"你可真是瞎操心。"我说。

"可是他说得很有道理。"苏菲说。她又转身对布雷恩说："布雷恩，这是个好主意。"

布雷恩脸上一会儿红一会儿紫的，很快就心满意足地蹒跚着走开了。

"哼，苏菲，"我说，"你真觉得那个呆瓜的主意不错？"

"他要是想知道每个人都到哪里去了，就得关心每个人在做什么。这说明我们对他肯定很重要。"说完这句话以后，她转过身，走到甲板边缘，盯着水面看。这是我有生以来第一次感到如此悲伤。

21

受洗/苏菲

大海,大海,大海。海浪不停地涌动,涌动,呼唤着我。来吧,它说,来吧。

多克舅舅终于发布消息,明天或后天就是"起航日"。"只剩下几样东西要修理了。"他说。我感觉很矛盾,似乎有什么东西既在推我,又在拉我。我可以在大马南岛永远待下去,可是我又听到了大海的呼唤。

今天早上,科迪、布雷恩和我去了一个造船的地方,那里的主人允许我们参观一下。他大部分时间都在弄玻璃纤维,而且全靠双手,甚至涂凝胶也用手。他的小船也是自己做的,活儿干得很漂亮。我原本以为自己多少懂一点儿玻璃纤维,因为我在修补底舱的时候用过这种东西。可和他一比,我才知道自己其实什么都不懂。

"看这里,"布雷恩觉得,不论看见什么他都有必要提醒一下别人，"一个气泡也没有。"

"嗯，他干的时间比我长多了。"我说。

那个人给我演示了一些小技巧，比如怎么用滚轴涂树脂和凝胶，怎么用塑料把一些小的地方包起来，让下面的涂层更平滑。

"你当时修底舱就该这么做。"布雷恩说。

"可我当时不知道呀，对吧？"我说。布雷恩让我开始恼火了。

"你不喜欢我，是吗？"布雷恩问。

这让我很难受。"我从来没这么说过。"

"你不喜欢我也没关系。谁都不喜欢我。"他站在那里，像一个没精打采的木偶，胳膊和腿笨拙得不知道怎么放。

科迪把这一切都看在眼里，但他一言不发。

"我不知道为什么大家都不喜欢我。"布雷恩说。

我希望他不要问我原因。这时，科迪开口了。

"嗯，"科迪说，"可能因为你总是在那里开清单，总是冲人指手画脚。你表现得什么都懂，你还……"

布雷恩紧紧地抱着胳膊。"我没跟你说话，"他说，"我才不在乎你怎么想呢。"他说完就扭头离开了，走路的姿势仍然像木偶一样。

"哼，他自找的。"科迪说。

多克舅舅让我们都去参加弗兰克孙子的受洗仪式。布雷恩一直离我和科迪远远的。我根本就不想去。我打心眼儿里不喜欢这种事，可我以前从来没有参加过受洗仪式。因此，受洗仪式结束的时候，我眼珠子都快瞪出来了。

人们穿着长袍——有点儿像学校里毕业生们穿的袍子，跟着牧师走到水中，水有齐腰深。牧师让他们浸入水中，于是，大家往后仰，扑通一声，整个身子都浸入冰凉的水里——看起来像是牧师把大家推入水中似的。可是，如果他们不能及时喘气，如果牧师让他们浸在水里太久怎么办？

等大家都浸入水中之后，旁边的人就唱起了《奇异恩典》①。这首歌让我完全听呆了。我在哪里听过这首歌吗？是葬礼上吗？我的喉咙好像被卡住了，似乎有东西堵在里面，就像有一只厚袜子在那里。周围的一切都变得模糊起来。这时，多克舅舅说："苏菲？苏菲？你最好坐下，低下头。"

洗礼结束后，我们去弗兰克的家，参加受洗宴会。路上，布雷恩终于打破沉默对我们说，那些人之所以要

---

① *Amazing Grace*，也译作《天赐恩宠》，是美国最脍炙人口的一首乡村福音歌曲。

浸在水里,是因为水可以洗掉他们的原罪,让他们变成全新的人。他的话一直在我脑海中回响,我想象着一个很脏很脏的人泡到水里,然后哗啦一下子出来,就变得干干净净的,像天使一样。我脑海里一遍又一遍地重复着这样的情景。我又开始晕起来。

"来,"多克舅舅说,"吃点东西。可能你今天吃得太少了。"他给我拿了海鲜杂烩、炸扇贝、龙虾沙拉三明治、土豆沙拉、两种奶酪蛋糕,还有胡萝卜蛋糕和香蕉面包。我尽力吃了一些,可后来又都吐了。

"你可能感冒了。"多克舅舅说完就把我带回船上去了。

我睡了一会儿,直到布雷恩和科迪回来时才醒。

布雷恩说:"希望这不是咱们最后的晚餐。"

"闭嘴!"科迪喊道,"你可真会让人扫兴。你干吗老是想这些晦气事?你想干什么?让我们的航行遭殃吗?"

"这艘船上的人要是人人都知道自己该干什么,我就不用那么担心了。"布雷恩讥讽道。

"哼,你也是这艘船上的人,你这个榆木脑袋。"

"我不是榆木脑袋——你才是!"

船上的亲人们开始变得特别容易发火。大家都准备好了要出发,可同时,也开始担心可能遇到的意外。想多了真不好,我们应该出发了!

22

博比和牧师/科迪

我要发疯了。我们还在这里，还在大马南岛上，还得处理远航者上的一大堆问题。这艘船到底能不能出海呀？

昨天，我碰到多克舅舅跟他的朋友弗兰克在岸边聊天。一看见我，多克舅舅就赶紧对弗兰克说："嘘，别说了。"他向空中挥挥手，装作在轰苍蝇。"有什么事，科迪？"他不想让我知道他们在谈论什么。

还有另外一件怪事：今晚我回到船上，钻到甲板下面的时候，看见老爸躺在他的床上哭。他在哭！眼泪顺着他的脸哗哗地流。

"怎么了？"我问。

他脸都顾不得擦，只是说："没什么，没什么事。一切正常。"然后就不说话了。

我长这么大，从来都没看见过我爸哭。有一次，快八岁那年，我哭着回家，因为我从自行车上摔下来了，结果他对我说："别哭了！这有什么好哭的！"看见我还止不住地在哭，他马上就火了。"别哭了！别哭了！别哭了！"他抽出皮带，在我面前挥了挥，"你想哭是不是？我让你哭个够！"

老妈一直在后面蹑手蹑脚地跟着，一看见老爸举起了皮带，就赶紧冲过来想抓住。可是老爸太壮了，他一挥手，皮带一下子抽在了我妈的胳膊上。随后，他扔下皮带，气呼呼地出门了。

从那之后，我就不在他面前哭了。

苏菲又讲了博比受洗的故事。故事是这样的：

博比长到十几岁还没受洗。他妈妈觉得他实在应该受洗了，于是就请当地的牧师给他在俄亥俄河举行洗礼仪式。

博比和牧师的关系不好，因为博比一直在跟牧师的女儿约会，有好多个晚上很晚才送她回家。但博比并不担心这个牧师要把他浸入河里这件事情。

受洗的日子到了。博比跟着家人来到河边，牧师朝他露出不怀好意的笑容。受洗的时间一到，牧师就一下子把博比推倒在满是泥沙的水里，然后把他按住，一直按在水里。博比憋得受不了了，就开始踢牧师，还咬了牧师的手，因为牧师用手堵着他的嘴。

牧师大叫一声松开手，博比露出了水面。

"然后呢？"布雷恩问，"博比的父亲怎么做的？"

苏菲说："咳，他看见博比咬了牧师，就抽了他一顿。"

"那他母亲呢？"我问，"她是不是给了博比一块苹果馅饼？"

"嗯，我觉得她给了。"苏菲说。

今天我老爸又哭了。"怎么了？"我问。

"没什么，"他说，"没什么事。一切正常。"

我想起了苏菲昨天讲博比受洗时发生的另外一些事。她讲完后，布雷恩说："爸，你以前听过这个故事吗？"

"没有，"斯图叔叔说，"好像没听过。"

布雷恩露出扬扬自得的表情，就好像刚吞了一块脆甜脆甜的西瓜一样。

多克伯伯说："我也没听过……"

"这样啊！"布雷恩说。

多克伯伯插话了："可是火车从河上开过的那个故事有点耳熟。没错，我想我以前可能听过。"

我觉得布雷恩差点儿被那个西瓜噎住。

斯图叔叔说:"嗯,我没听过。不论哪个故事我都没听过。"

"可能是你忘了。"多克伯伯说。

"我从不忘事!"

"可能博比从没跟你讲过。"多克伯伯说。

"可他为什么给你讲,而不给我讲呢?"斯图叔叔急了。"摩,"他问道,"你以前听过这个故事吗?"

"没有。"我爸说。

"听见没?"斯图叔叔说。

"可是,"我爸说,"汽车掉到河里那个故事——那个听起来有点耳熟。"

"没有谁给我讲过这些!"斯图叔叔说。

他们争论的时候,苏菲一直坐在旁边练习玩杂耍。

IV 起 航

23

呼啦/苏菲

大海，大海，大海！

昨天下午，科迪顺着码头跑过来，说："多克伯伯说，重要时刻到了，收拾好你的东西，我们要出发了。"

"你是说现在？"我问，"这会儿？"

"没错！"他咧着嘴，露出灿烂的笑容，"就是现在，苏菲！"

我跑来跑去收拾自己的东西，根本没有时间去想究竟发生了什么，也没有时间顾及自己的心情。我们马上就要起航了！呼啦，要出发了！

头两三个钟头大家都非常忙乱，每个人都在仔细检查自己的物品，争夺着放东西的空间。斯图舅舅和布雷恩则忙着布置任务，他们费尽心思地想让我觉得，是我在拖大家的后腿。可我没感觉，我很冷静，也不烦他们俩。

离开芬地湾的时候，我们听到"扑通"一声，接着是"啪啪啪"的声音！在船的四周，十几只海豹从水面探出可爱的脑袋，观察着周围的动静。

海豹朝我们晃动着胡须，忽闪忽闪的，科迪冲它们说："嘿，小可爱……"就连布雷恩也喜欢它们。这一次，他没有趾高气扬地发表任何评论。他坐在甲板上，双手托腮，看着那些海豹出神。

摩舅舅在船尾的甲板上画素描。我喜欢他的画。他告诉我，远处的海豹要画得小一些。我也想画海豹，可我画的不如摩舅舅的好看。

"你是艺术家吗？"我问他。

"我吗？"他说，"不是。"

"可是我觉得你像艺术家，"我说，"你画得很好。"

"没有，"他说，"没那么好，已经手生了。"

我问他到底是干什么的，靠什么挣钱养家。他皱皱眉："我是统计数字的。我一天到晚坐在电脑前面，跟各种数字打交道。"

"可是你想不想当个艺术家呢，"我问，"在你跟数字打交道之前？"

"当然想。"他说。

"那你为什么没当呢？"

"没当什么？"摩舅舅问道，他正在给海豹画胡须。

"当个艺术家。你干吗没当艺术家，却找了个统计数字的工作？"

他用手指涂抹着画面上的海水，经他一抹，水面看上去更柔和了。我以为他没听见我的问题，但最后他说道："我不知道。一个人为什么一定要出人头地呢？"

"因为大家都是这样想的，不是吗？"我问道，"你不想变成自己渴望成为的那种人吗？"

他看了看我，嘴微微张开，似乎有话要说，可是却说不出来。他闭上嘴，然后重新开口说："苏菲，通常不是这样的。事情通常不是这样的。"

"为什么呢？一个人为什么不去做他擅长的、想做的事情呢？"

这时，摩舅舅开始画海豹身边的水波："苏菲，这是因为一个人需要有一份工作。可有时候，他能找到的工作并不是他最想做的。"

"嗯，我希望我不要这样，"我说，"我希望我不要做自己不想做的事。那样的话，好像很浪费呀。"

"哈，"摩舅舅说着，放下了画笔，"年轻啊。"

正式航行的第一个夜晚，天空没有月亮，那种感觉怪怪的。天非常黑，和大海连在一起，像一张黑毯子裹住了我们。我看见水面有闪亮的小点儿，小点儿越来越多,在船的周围连成一片,就好像是落水的人在水下面发出的信号。

"是发光的浮游生物!"多克舅舅说,"真漂亮!"

整个晚上,船的周围都闪动着浮游生物的磷光,它们就像是水里的萤火虫一样。它们真神奇啊,一闪一闪的,仿佛在向我发送密码。我真想解开这些密码,虽然这是不可能的。我还被训了,因为忙着看那些一闪一闪的光,忘了注意航行的事。

夜更深了,船朝外海驶去。突然,我们听到了很大的水花四溅的声音,还有很大的喷水声和吼叫声。是鲸鱼!天太黑了,我看不见它们。可有一头离我们很近,它一喷水,我吓得差点儿把桅杆拔起来。那声音真是太大了!

有时,一想起我们的处境,我就会禁不住打个寒战。我们正在穿越大海!现在,我们不能下船四处走动,不会见到新的面孔,也没有新的食物,没有独立的空间,没有陆地,没有淡水,没有树,没有体育活动。除了在船上干活儿,哪儿都不能去。这么多人挤在船上,该怎么相处呢?我们根本不可能躲开任何人。

我不太想和摩舅舅一起值班,因为他说话总是粗声粗气的,而且总好像要和科迪干仗似的。还有斯图舅舅和布雷恩,他俩总爱发号施令,让我觉得自己非常非常渺小。多克舅舅是最冷静的,我在他身边也觉得最舒坦。可有时候他看起来很茫然,老担心会出什么事,这让我拿不准,他到底会不会让我们继续航行下去。我觉得,可能他一发现有漏水或破损的地方就会马上下令返航。

可是,所有的这些担心都被一种喷涌而出的、强烈的感觉压倒了:大海在召唤,海风在推动,呼啦一吹,我们就出发了。呼啦!你会觉得你就应该在这里,还会想着要往哪里去,可又无法想下去。因为呼啦一下,你就起航了。呼啦!

轰隆!暴风雨来了!天气预报说有冰雹和强风。哇!这下子整条船上的气氛就会活跃起来,一定会。

24

橘子和比萨饼／科迪

不，可，思，议！我们真的上路了！

天上正下着雨，可是谁会在乎呢？我们乘风破浪前进！我站在甲板上让风吹打在脸上。我仰头看着船帆，觉得这是我看见过的最好看的景象。我感觉如此自由！

我看见老爸在用橘子玩杂耍！一发现我在看，他就放下了橘子，说："杂耍这东西真蠢。"

我一直坐在那里，想着我们离开大马南岛头一天的晚上，我和老爸打电话跟老妈说再见的情景（又是一次）。她听起来兴致很高。也许她已经习惯了一个人，喜欢上了没人打扰的日子。

打电话时，老爸说到最后，变得有些怪怪的，不像往常那样说话凶巴巴的了。他不停地说"知道""好的""没事"，都是两个字一句。再后来，他似乎有点哽咽了（这还是我老爸吗？）。他还跟老妈说他爱她。

什么人哪！

挂上电话之后，他问我："想吃比萨饼吗？"

25

失业/苏菲

大海！

我们现在还是两个人一班轮值，我又跟多克舅舅在一起了。这很好。只不过，下雨的时候他不喜欢掌舵，而这一阵子老是下雨。他想启用自动驾驶，可我更喜欢用手来掌舵，这样我才觉得更能控制自己去哪里。

风一直很好、很稳定，到目前为止，航行很顺利。要是不下雨就好了。每当我冷得难以忍受的时候，就想起博比曾经说过的话："苦难塑造人。"他说，如果一个人老是养尊处优，就会变成废物；可你要是经历过苦难呢，就能学会面对挑战，让自己变得坚强。这话听起来很像是爷爷奶奶那个岁数的人说的，是不是？

今天早晨，我在前舱穿衣服的时候，听见多克舅舅和斯图舅舅在厨房里说话。斯图舅舅说话的语气不像往常那样趾高气扬的。他的声音断断续续，说话也吞吞吐吐。

"我不知道为什么，一点儿都不知道，太突然了——我干得好好的。"

"你会找到别的事的。"多克舅舅说。

"要是找不到呢？"斯图舅舅说，"我不该出来。我该在家里好好找工作。"

"这对你来说未尝不是好事。"多克舅舅说，"听我的没错。"

我吓了一跳。斯图舅舅失业了？听起来好像是这么回事。我从舱里出来的时候，斯图舅舅背对着我，不让我看见他的脸。

"哎，苏菲呀，"多克舅舅说，"布雷恩在找你。"

"找我干什么？厕所该清理了？"我问道。我只是想开个玩笑，可一说完我就后悔了，因为斯图舅舅此刻刚刚知道自己丢了工作，可能不希望听见我这么奚落布雷恩。

26

电 码／科迪

　　怪事。老爸今天给大家上了第一堂无线电码课。我原本以为，这东西肯定无聊透顶，而且，他会是个很糟糕的老师。可是看得出来，他真的很喜欢这玩意儿，而且这玩意儿也真的很有趣，就像是密码一样。因为"无所不知先生"布雷恩和他那无所不知的老爸也不懂这玩意儿，所以大家全都一起学。我要第一个学会，我要学得比别人好。等着瞧，"无所不知先生"！

　　电码这东西太酷了。字母表中的每个字母都用一个词来表示，例如：

A 阿尔法（Alpha①）

B 亡命徒（Bravo）

_____

　　① 这是希腊字母的第一个字母，也有"开端、最初"的意思。

C 查理（Charlie）

D 德尔塔（Delta①）

E 回声（Echo）

如果你要说爸爸（Dad）这个词，想让对方听清楚，就说："德尔塔—阿尔法—德尔塔。"怎么样，酷吧？

---

① 这是希腊字母的第四个字母，也有"三角洲"的意思。

27

保 险／苏菲

　　大海，大海，大海。海浪不停地涌动、涌动，呼唤着我！大海整天都在变换着颜色，从蓝色变成黑色，又变成灰色，海面呈现出深深浅浅的各种颜色。我爱大海，我爱大海！

　　到目前为止，远航者的行进速度一直正常，我们直奔目标前进——我们要穿越大海！值班的时候，我们大部分时间都在调整船帆，好保持正确的航向。不值班的时候就洗洗涮涮，炒菜做饭，整理一下船上的东西（这让布雷恩和斯图舅舅很高兴）。

　　昨天夜里，我们通过无线电同另一艘船上的人通了话。那艘船上只有一个水手，他船上的电路出了点儿问题。他只是想知道自己所处的位置，并不需要别的帮助。可整整一晚上我都在想，他一个人在海上漂荡，只有他一个人。他自己一个人是高兴还是害怕呢？

值完班回来的时候，我发现斯图舅舅正用无线电跟那个人通话。

"你没睡吗？"我问斯图舅舅。

"没……我只是想试试这个电台怎么用。"

他骗不了我，他也在担心那个水手。

我说："你要是觉得我太喜欢打听事的话，你可以不回答。不过我心里一直很纳闷，你是干什么的——你的工作是什么？"

他没有抬头看我："我是卖保险的。"

"你是说人寿保险、汽车保险那一类的吗？"

"对。"他说，"保险永远不会太多。"

"我不明白人寿保险有什么用，"我说，"你花钱是为了保证什么呢——保证自己活着吗？可是花钱就能让自己活下去吗？人要是死了，那保险又有什么用呢？"

斯图舅舅揉了揉额头，可能我的问题太让他头疼了。"这有点儿复杂，"他说，"这类保险是为了帮助活着的人。"

"那你喜欢做这个吗？"我问。

"做什么？"

"卖保险呀。"

"并不真的喜欢。再说了，我已经被炒鱿鱼了。"

"嗯，也许这是好事，"我说，"现在，你可以做自己真正喜欢的事了。"

"哈——哈。"他说。

"那会是什么呢？"我问，"你真正想做的事是什么？"

"我跟你说啊，苏菲，"斯图舅舅说，"我自己也不知道，一点儿都不知道。这是不是太可怜了？"

"没错。"我说。嗯，确实是这样。我真的觉得这很可怜。

海浪慢慢地变大，前舱上下颠簸得很厉害，就像坐过山车一样。我睡在里面，恍惚间觉得自己好像还没出生，还在妈妈的肚子里，而妈妈正在跑马拉松。我被摇晃得困极了，特别想在不值班的所有时间里都蜷缩在窄窄的铺位上。但是真这样做的话，我就会有麻烦了。布雷恩和斯图舅舅会过来数落我，并告诉我还有一大堆的任务没完成。

科迪一直在业余学习操作无线电。多克舅舅说，我爸爸正在装一个单边带天线，要是装好了，我们就能通过无线电跟他联系了。我听到这个消息大吃一惊。一方面，我觉得这是个好主意，因为能跟家里的人联系上；可另一方面，又有点儿失望，因为这让我觉得能得到额外的帮助，就像在作弊。

我一直想着博比，在心里和他说着话："我们来了，博比！越过波涛汹涌的海洋，奔向英格兰青翠的、连绵不绝的群山。我们来了！"

28

查理-奥斯卡-德尔塔-美国佬/科迪

呼！我们一路前行！决不走弯路！不过外面老是有雾，所有的东西看起来都像是恐怖电影中的情景，浓雾中仿佛随时会有大妖怪突然冒出来，把你吃掉。

学了更多的无线电码。整个字母表是这么表示的：

A 阿尔法（Alpha）

B 亡命徒（Bravo）

C 查理（Charlie）

D 德尔塔（Delta）

E 回声（Echo）

F 狐步舞（Foxtrot）

G 高尔夫（Golf）

H 旅馆（Hotel）

I 印度（India）

J 朱丽叶（Juliet）

K 公里（Kilo）

L 利马（Lima）

M 话筒（Mike）

N 十一月（November）

O 奥斯卡（Oscar）

P 爸爸（Papa）

Q 魁北克（Quebec）

R 罗密欧（Romeo）

S 马鲛鱼（Sierra）

T 探戈（Tango）

U 制服（Uniform）

V 胜利者（Victor）

W 威士忌（Whiskey）

X X光（X-ray）

Y 美国佬（Yankee）

Z 祖鲁（Zulu）

这样，我的名字科迪（Cody）用无线电码表示就是：查理—奥斯卡—德尔塔—美国佬。怎么样，酷吧？

老爸的名字摩（Mo）就是：话筒—奥斯卡。

苏菲（Sophie）就是：马鲛鱼—奥斯卡—爸爸—旅馆—印度—回声。

我们开始相互称呼对方"查理—奥斯卡""话筒—奥斯卡""马鲛鱼—奥斯卡",就当是练习。

"你看见'话筒—奥斯卡'了吗?"

"他可能和'马鲛鱼—奥斯卡'在甲板上呢。"

就是这样。

布雷恩的名字(Brian)是:亡命徒—罗密欧—印度—阿尔法—十一月。我们就都叫他"亡命徒—罗密欧",还学着《罗密欧与朱丽叶》里面的台词喊他:"哦,罗密欧,亡命徒—罗密欧。"他一听就笑了。布雷恩笑了。

我们向"马鲛鱼—奥斯卡—爸爸—旅馆—印度—回声"学了一种很酷的打结法。这种结叫作酒瓶结。

我拿鞋带来做练习,把它们绑到了甲板下的一根柱子上,结果被训了。"你把鞋带绑到柱子上干吗,而且鞋还穿在脚上?"斯图舅舅大声训斥我,"万一你得马上起来怎么办?"

"那我就把鞋脱了,光脚跑。"我说。

29

雷达上的光点/苏菲

　　我们在大海上，在波涛翻滚、一望无际的蔚蓝色大海上，扬帆驶向英格兰。我感觉大海有了生命，它好像在呼吸，而且喜怒无常。哦，太喜怒无常了！它有时安静沉稳，像睡着了一样；有时又很淘气，波涛汹涌；有时又怒气冲天，把我们在波峰浪谷之间抛来摔去。大海就像我一样，有多面的性格。

　　昨天，我们忙得不可开交，因为主帆上的两个索环被撕裂了。斯图舅舅和布雷恩像无头苍蝇一样到处乱跑，想找出可以责备的人。很显然，挂帆的人（斯图舅舅说是科迪，科迪说是布雷恩）忘了挂上外牵索，帆的一侧受力太大，结果把索环给扯断了。

　　索环、滑轨、外牵索，我已经知道这些词是什么意思了，但科迪总是记不住——或者，他其实能记住，只是不想用这些词。他管索环叫"带眼的东东"，管滑轨叫"金属东东"，管外牵索叫"绳绳东东"。昨天，他跟斯图舅舅大吵了一架，因为他对斯图舅舅说，那个"带眼的东东"被撕裂了，从"金属东东"上面掉了下来。

"你胡说些什么？"斯图舅舅大声训斥科迪，"你说话像个白痴。你要是再记不住那些东西的名字，就别待在这艘船上了。"

"即使我叫不上来那些乱七八糟的名字，我也知道该干什么。"科迪说。

"各种事物都有自己的名称，这是有原因的。"斯图舅舅坚持说，边说边用手指戳科迪的肩膀，"紧急情况下你怎么说？难道说'快来呀！带眼的东东松了'？"

"你说话的时候别戳我。"科迪说。

他们的争吵声惊醒了在铺位上睡觉的摩舅舅。"干吗叫我儿子白痴？"摩舅舅不乐意了。

斯图舅舅转过身，面对着摩舅舅："我说他有一半时间说话像个白痴。"

"这么说，你确实叫他白痴了？你觉得你那个熊包儿子比我儿子聪明？你是不是这个意思？"摩舅舅用手指戳了戳斯图舅舅。

斯图舅舅推了摩舅舅一把："布雷恩小脚指头上的脑细胞比白痴科迪全身的脑细胞都多！"

我觉得他俩马上就要打起来了，这时，多克舅舅过来打断了他们。

"你俩住手，"多克舅舅说，"这艘船上可没地方让你们两个大人打架，怎么跟被宠坏的小孩子一样。"

"你说我是被宠坏的小孩子？"摩舅舅吼道。

"没错。"多克舅舅说。

摩舅舅深吸了一口气，接着又长长地吐出来，然后转身对科迪说："你干吗老没事儿找事儿？"

"你说我吗？"科迪问。

"对，就是你。"摩舅舅说，"你现在给我下去，做午饭去！"

科迪摇摇头就下去了，摩舅舅跟着他。我听见他们吵了一会儿，接着就安静下来。很快，他俩就把午饭给大家端来了。大家都埋头吃饭，不抬眼看别人，想忘记刚刚发生的争吵。

今天早上，我们看见了太阳，这是离开大马南岛后第一次见到太阳。太让人高兴了！太阳，太阳，太阳！美丽、灿烂的太阳！每个人都想待在甲板上享受阳光。我们沐浴在阳光里，脸和骨头被晒得暖暖的，我们的衣服也被晒干了。阳光随着波浪跳跃、闪烁。

在太阳的照耀下，修理工作容易多了。我们降下主帆，先弄干索环脱落处的帆布，再用帆布胶带包住船帆的边，补上帆上的洞。不过，帆布胶带粘得不够结实，我就把边又缝了一遍。

布雷恩一个劲儿地说："有个小姑娘在船上真是太好了，她可以缝缝补补的。"

呃，缝船帆可不是什么轻松的活儿！帆布又厚又硬，得用特别的针和包住掌心的大顶针才能把针穿过去。

缝好后，科迪和我一起在帆上打了新的眼，再把铜索环砸进去。科迪用缭绳穿过索环连接滑轨，我们的活儿就干完了。

科迪一边完成手里的工作一边说："看哪，'马鲛鱼—奥斯卡'，我们修好了'带眼的东东'，现在可以重新把它们挂到'金属东东'上了。这只是小菜一碟。"他朝斯图舅舅笑了笑，趁斯图舅舅还没来得及发火，又继续说："还有，'马鲛鱼—奥斯卡'，你要是喜欢用时髦的行话，可以管'带眼的东东'叫索环，管'金属东东'叫滑轨。"

我们重新挂起船帆之前，科迪注意到帆杠支撑起来的外牵索（他说："绳绳东东，不过你要是喜欢用时髦的行话，就说外牵索。"）有点磨损。于是，我就爬到水手长的座位上，把身子挂到升降索上，让科迪把我拉起来。一般情况下我都是自己吊上去的，可今天海浪比较大，我要全神贯注，免得撞到桅杆上。

我离开甲板才几英寸①高，身体就飞到了船身外面。我坐在椅子里在海浪上晃来晃去的。与此同时，我们的船也在波峰浪谷之间颠簸着，就像在荡秋千。我在翻滚的海浪上面摇荡，船在翻滚，海浪在翻滚，我也在翻滚。我高高地在风中飞舞着！

我尽量慢地在绳子上缠上胶带，为的是能在上面多待一会儿。

"怎么啦，苏菲？"斯图舅舅在下面喊道，"遇到麻烦了吗？能弄好吗？"

"没问题，'马鲛鱼—探戈—回声—威士忌'。"我刚想加上一句"你个傻瓜"，可这时我低头看了看他。下面的他看上去又小又皱巴巴的，让人觉得可怜，于是我把"傻瓜"这个词咽了回去。

我们捕鱼一无所获。我不知道哪里搞错了，同时却大大松了一口气，因为我不喜欢宰杀鱼。

不过，我们看到了很多鸟（它们是从哪儿来的呢？），它们喜欢鱼饵。今天，一只海鸥想抢走鱼饵，却缠到了鱼线上。科迪表演了一次戏剧性的大营救。他把海鸥拖到甲板上，解开缠在它翅膀上的线，然后轻轻地把它放回水面。

———————————
① 1英寸约合 2.54 厘米。

科迪看着它漂远了，说："再见，小鸟。"

昨晚，我们还看见海豚了，今天早上又看见了——一共有三头，它们不停地跳跃、潜水，玩得很开心。

"嗨，小可爱！"科迪招呼它们。

我喜欢看见海豚。我觉得它们就像是信使，给我送信的信使。

今天早上，太阳只露了一会儿脸，现在又下起雨来，哗啦哗啦下个不停。夜里，我们遇到了很大很大的雾，还好风不大。

昨晚在浓雾中，我和布雷恩负责监视雷达屏幕的时候，看见了两个一起移动的点，位于我们东北方向五英里的地方。我们判断，这是一艘拖船正拖着一艘驳船前进。接着，我们又在东南方向三英里的地方发现了另一个亮点，它正快速朝我们移动。我爬到甲板上，拉响了汽笛。科迪还通过无线电与那艘船联系，但没有回应。

大家都很紧张。你明明什么都看不见，但雷达却告诉你附近有东西，这真是让人觉得瘆得慌。你总觉得会有一艘大船从浓雾里突然冒出来，撞到自己船上。我的心紧张得怦怦直跳，等待着那个突然冒出来的大家伙。

我们发动了引擎，准备等那个东西离我们大约两英里的时候改变航向。可就在这时，那个亮点与我们擦肩而过了。过了一会儿，又出现了五个亮点，而我们的无线电呼叫仍然没有得到回应。这太吓人了，让人不禁担心一艘大驳船会直接撞过来，还没等我们回过神来就把我们撞碎了。

斯图舅舅花了很长时间把雷达使用手册翻了个遍，最后下结论说，因为我们整晚都在暴雨中航行，雷达接收到的可能是雨云的信号。原来，我们是在对着雨云拉响汽笛，还想通过无线电呼叫它们。我们真傻。

今天船上一家人的士气不错，可大家都睡眠不足。我觉得，我们之所以那么累，除了睡不踏实以外，还因为不论我们做什么，哪怕是最简单的动作，都要付出极大的努力，就连走几步也得费好大的劲儿。这有点儿像攀岩，在做出下一个动作之前，你得想好手和脚应该放在什么地方。

我走路就像一个九十岁的老人，又像腿脚不灵便的人。每当一个浪头打来，你都得抓稳了，提防着不要一下子撞到墙上。你想不抓不扶地站立几秒钟都很难做到，因为一松手就会在船体的摇晃中失去平衡。

做饭也很困难。虽然炉子被平衡架固定住了，会随着船体的摇晃而调整，可是其他东西却四处飞溅，要不就从架子上掉下来，弄得整个厨房乱七八糟的。

吃饭的时候，你必须紧紧端着盘子不松手，而且不能边吃饭边喝水。因为要想喝水的话就得先放下一样东西再去拿水，两只手根本不够用。

睡觉也成了一个挑战。你只能断断续续地睡几个小时；四周的噪声很大（各种东西撞在一起，人和东西撞在一起，船帆在风中拍打，人在说话）；每次睡觉都在不同的床上（哪个铺位空着就躺在哪里）；而且，一不小心还会从床上滚下来，要不就是被架子上飞下来的东西砸了脑袋，或者睡袋上方在漏水。

尽管如此，我还是喜欢住在船上。我喜欢船上这些自给自足的装备，我们仅仅依靠风力就可以横渡大海。

昨天夜里，在断断续续的睡眠中，我又做了经常做的梦，就是那个有巨浪的梦。海浪升得那么高，越来越高，越来越高，最后变成了一堵巨大的黑色高墙，浪头从高墙顶端翻卷下来，相比之下，我只有一丁点儿大；最后我被倾泻的巨浪击倒，吓醒了。我张着嘴巴，几乎要尖叫起来。

我恨这个梦。

30

绳 结 / 科迪

　　跟"马鲛鱼—奥斯卡"学习了打绳尾结。简单！在绳子末端打上这种小绳结，它就不会从"带眼的东东"里滑脱，掉到水里了。

　　我问苏菲是从哪儿学的打结，她脸上露出了一种特别的神色——有时候问她问题，她就会有这样的表情。她注视着远处的水面，似乎答案在地平线那边。"我不知道。"她说。她低头看了看手指间的绳子，"也许很久以前有人教过我。"

　　我记住了全部的无线电码，打败了"无所不知先生"。哈哈哈。

　　今天，太阳和海豚都加入了我们的航行，真是美好的一天。没人能抗拒太阳和海豚的魅力，就连老爸也来到甲板上看海豚。他说："看着它们，让人都想变成鱼，是不是？"

这是很久很久以来，我俩第一次对某件事有相同的看法。我们看着那些海豚，它们那么无忧无虑，不会因为做错了什么而遭到训斥。它们尽情地享受戏水和跳跃的快乐。

老爸来到甲板上，看见了我画的酒瓶结和绳尾结。"嗨，"他说，"你什么时候学的画画？"

他的话，我既可以当作是侮辱，也可以当作是夸奖。这样理解就是侮辱：我一直都没有关注你，所以没有注意到过去几年来你一直在画画。而这样理解就变成了夸奖：嘿！你画得不赖嘛！

他是什么意思，侮辱还是夸奖？

31

罗莎莉／苏菲

在海上一个星期了，还没有人被缭绳勒死，或者被扔到海里去，大家相安无事。

这几天没什么风。在航行的大部分时间里，太阳、月亮和星星都躲在雾和云后面，我们看不见。我从没意识到我会多么想念它们。我原本以为，船在汪洋大海中航行的时候，我会站在甲板上，凝视辽阔高远的天空，但现在我看到的只是一片灰色的雾。

没有太阳，什么东西都干不了，我们的衣服都潮乎乎的。每个人都在背包里藏着几件干衣服，小心翼翼地保存着，只有到了实在无法忍受潮湿的时候，才会拿出来穿上。啊，那种干爽的感觉，真是太美妙了！

这些天一直有动物来拜访我们。我很吃惊，自己竟然很盼望看见它们。它们是我的伴儿！昨天，有一只小黑鸟飞进了驾驶舱，它的样子可怜兮兮的，身上的羽毛凌乱不堪。我把科迪叫过来看这只鸟。"嘿，小鸟鸟。"他说着，轻轻地拍了拍小鸟带蹼的爪子，又摸了摸它的喙，"你嘴上这个包是怎么弄的？你从哪儿来？怎么把自己弄得这么湿？"

科迪把小鸟放在手心里，暖着它，用自己的衬衣擦干它的羽毛。"这只小鸟的啾啾声真可爱，是不是？"科迪说。于是，我们就叫它"小啾啾"。

等我再一次醒来，准备去值班的时候，发现小啾啾早跑到甲板下面去了，还跳进了铺着海图的桌子旁边的碗橱里。摩舅舅正坐在那里给它画像，并给我演示了怎么画凌乱的羽毛。小啾啾在碗橱里待了几个钟头，它似乎很喜欢摆姿势让人画像。

还有一只很像小啾啾的鸟，整晚都跟着我们的船在飞，一直到第二天。我们觉得它可能是小啾啾的伴儿，可是它却不落到船上来，小啾啾似乎也不关注它。

科迪想把小啾啾放到衬衣里面让它暖和一下。这个举动吓到了它，它扑扇着翅膀，摇摇晃晃地飞到救生索上站了一会儿，然后重新飞起来，慢慢绕着船飞——姿态不是很优美。最后，它越过层层海浪飞走了。

"再见，小啾啾。"科迪喊道。

我不想让它飞走。一想到它在大海上无依无靠，我就受不了。

"你真傻。"布雷恩学着科迪的语气说，"哦，小啾啾！哦，小啾啾！"布雷恩举起了他的胳膊，好像朝天空呼唤着什么似的，"我们是一个漂浮在水上的庇护所，收容那些迷失的灵魂。"

科迪上下打量着布雷恩。"不就是这样的吗？"布雷恩说。

昨天，我们还看见了鲸鱼，是比较小的巨头鲸，看起来像海豚，只不过它们的头是圆形的，而不像海豚的头那样，越往前越细，直到伸出一个长长的鼻子。

"是鲸鱼！啊哈！！"科迪喊道。

我们趴在甲板上观察它们。鲸鱼游到了船的附近，但它们不像海豚一样靠得那么近，它们都聚集在船尾。过了一会儿，我们就分辨出其中的几头来了——一个妈妈带着它的孩子并排游，另一个体形巨大，在靠着右舷游动。

我被这三头鲸鱼迷住了。我觉得靠右舷的是爸爸，它在周围兜着圈儿游，保护着妈妈和孩子。那头小鲸鱼大部分时间都紧靠妈妈，有时还去撞撞它。它偶尔也会游开，动作笨笨的，可很快又会游回来，再撞一下自己的妈妈。它们三个始终待在一起，这对我好像非常重要，一旦我的视线里少了一个，我就会很紧张、很焦虑。

多克舅舅也来了。"真漂亮！"他说。多克舅舅一边看着鲸鱼，一边对我讲了一个他认识的女人的故事。她名叫罗莎莉，非常喜爱鲸鱼。她看过很多关于鲸鱼的书和有鲸鱼出现的电影。她家的墙上贴满了鲸鱼的图片，到处都是鲸鱼的毛绒玩具和小雕像。

"可是，她从来没有见过真正的鲸鱼，"多克舅舅说，"就是没有正面看见过。有一天，我租了一条船带她出海，我们花了一整天寻找鲸鱼，她也一直祈祷能碰到鲸鱼。真是美好的一天。"

"你们看见鲸鱼了吗？"我问。

"那天没有。"

"后来你们又去了？"

"没错。我把我最好的渔竿卖给了船主，因为我那时候是个穷光蛋。我们又出海了。我们花了一整天的时间寻找鲸鱼。"

"她也花了一整天祈祷能碰到鲸鱼？"

"没错，"多克舅舅说，"结果，在那里——就在我们掉头回去的时候——鲸鱼出现了！哦，真是壮观啊！一头珍珠灰的鲸鱼缓缓浮出了水面，而罗莎莉——罗莎莉！她张大了嘴巴，眼睛瞪得又大又圆。我们看着那头美丽的鲸鱼从水面滑过，最后消失在大海里。"

说完，多克舅舅长长地叹息了一声。

"罗莎莉呢？"我问道，"罗莎莉后来怎么了？"

多克舅舅站在那里，掸了掸裤子，就像要把记忆掸掉："哦，她后来嫁给了别人。"

科迪站在甲板上，张开双臂，朝着大海喊道："罗莎莉！哦，罗莎莉！"

多克舅舅笑了，也加入进来："罗莎莉！哦，罗莎莉！"

然后，多克舅舅摇摇头，慢慢地走了，消失在了甲板下。

我在观察鲸鱼的时候，布雷恩一直看着我。"苏菲是鲸鱼女。"他说。

"你不感兴趣吗？"我问他，"你不觉得它们很棒吗？"

"嗯。"他说。

"你不觉得它们比书和海图更有意思吗？"我继续问他。

"嗯——"他又重复道。不过他走过来，站到了我身边。看见小鲸鱼撞它的妈妈时，他差一点儿笑了出来。可是，喜欢这一幕好像让他觉得难为情一样，他马上回去看海图去了。

今天，更多的海豚来到船头嬉戏。其中一头在船头的正前方一下子高高地跳起来，似乎在对我们说："看看我！哇哦！"

我一直目不转睛地盯着一对并肩游着的母子看，它们的动作非常协调，就像是一体的。

"那个孩子就像妈妈的翻版，"布雷恩说，"只不过小一点儿，但它游起来像它妈妈一样优雅而迅速。"

"布雷恩，"我说，"你还真对这些东西感兴趣了？"

"你看，"他说，"它好像在教孩子怎么玩耍。"接着他又说道，"你知道它们为什么这么信任我们吗？"

我刚好在想这个问题。它们信任我们似乎出于直觉，这让我感动得想哭。我本该笑，因为它们好像在邀请我们加入，和它们一起嬉戏。它们看起来非常快乐：嬉戏、探索、滑水、跳跃、翻滚。我不知道我看着这一幕为什么有想哭的感觉。我只是不停地在想，它们在海里，我在船上。它们无忧无虑，想和我们在一起，可我却在高高的甲板上。我觉得自己好像有一吨重。

摩舅舅拿出他的写生画板，把海豚在空中的姿势飞快而熟练地画下来。他说："它们让你想起童年，那时的你充满了好奇心，还有无穷的精力。它们提醒你，你原本就是这样的，你不应该随着年龄的增长而失去这些。"他回头看着我、科迪还有布雷恩，似乎才意识到我们在他旁边一样。然后他扭头继续画画，嘴里还嘟囔着："大概就是那个意思。"

32

博比和水潭／科迪

雾，雾，雾，雾，雾。

我做梦都在用无线电码说话。旅馆—回声—利马—爸爸！（救命[1]！）

我们看见了鲸鱼、海豚，还有一只黑色的小鸟。我希望自己成为一条鱼或者一只鸟，在水里自由地游，在天上自由地飞。

苏菲非常关心那只鸟，为它担心死了。我告诉她最好小心一点儿，因为她开始有点儿像斯图叔叔了。

"我不会！"她说。

每次海豚和鲸鱼到船边来玩儿，苏菲都会去看。她没办法让自己的眼睛从它们身上移开。她还会想：它们

_____

[1] "救命"的英文是 help。

从哪里来？要到哪里去？它们为什么来这里？它们是不是一家人？相互之间有没有关系？

布雷恩忍不住愚蠢地说起与孤儿有关的话题。首先，他老是把小啾啾叫作"孤鸟"。然后，在我们看海豚的时候，他又总是在说小海豚如何学习妈妈的动作。"不知道海豚孤儿怎么办，"他说，"它们跟谁学呢？"

苏菲说："我觉得它们一定很聪明，能自己学会。它们也没有别的选择。"

布雷恩说："你是不是就是这样做的？自己想明白的？"

但苏菲却说："看！看那里！你们看见它跃出水面了吗？"接着，她就到甲板下面去了。几分钟后我下去的时候，看见她正在练习玩杂耍。她练得不错。

"你做给我看看怎么同时抛接四件东西，"她说，"然后教我怎么装作不小心打到某个人，把他打到海里去。"

我想她说的"某个人"是指"无所不知先生"——"亡命徒—罗密欧"。

过了不久，她又讲了一个有关博比的故事。故事是这样的：

在乡下，博比的屋子旁边，有一个可以游泳的水潭。这个水潭在一条小溪的转弯处，水非常深。水潭岸边有一些大石头和树，人可以站在大石头或者树干上，跳到水里去，扑通！在这里游泳很危险，因为水下面也有大石头和树干，人们有时看不见。由于很危险，家里人都不让博比去那里游泳。

可是在一个大热天里，博比非常非常想去游泳。他想一下子跳进冰凉的水潭，泡在水里，直到皮肤皱了为止。于是他就去了水潭。他爬到一块大石头上，看着脚下清凉的潭水。哦，天太热了。热，热，热。而水看上去非常凉爽。博比跳了下去。

他撞到冰凉冰凉的水面上，感觉很舒服。他继续往下沉，往下，往下，然后咚的一声！他碰到了什么东西——是石头，还是树干？接着又是咚的一声，他撞到了别的东西。在清凉的水下面，他觉得晕乎乎的。然后是砰的一声，他的头结结实实地撞在什么东西上。

他的身子打着转，脑子晕晕的，在漩涡里往下沉，可他最后还是冒出了水面。他爬上岸，趴在泥地上，直到脑袋不疼了才起身回家。

"他挨了一顿抽！"布雷恩说，"对不对？我敢说他老爸使劲抽了他一顿！"

"没错，"苏菲说，"然后……"

"等一下，"布雷恩说，"你先别说。他吃到苹果馅饼了，对不对？他妈妈给了他一块苹果馅饼，对不对？"

"不是的。"苏菲说。

"为什么？"布雷恩说，"没有苹果馅饼吗？他妈妈没有因为他安然无恙奖励他一块苹果馅饼吗？"

"没有苹果馅饼，"苏菲说，"这一回是蓝莓饼。他妈妈没有苹果了。"

她讲完故事，布雷恩说："博比干吗老去水里呀？"

"怎么啦？"苏菲说，"你这是什么意思呢？"

"要是他一到水里就遇到麻烦，为什么还老是到水里去呢？他应该尽量远离水呀。"

苏菲咬紧了嘴唇，突然间，我看见她变得非常脆弱。

我说："也许正是因为这样，博比才老是到水里去。"

苏菲看着我。她的眼睛湿湿的、亮亮的。

"也许，"我说，"他是害怕水，可还老是到水里去，因为他必须去，必须证明什么。"

"证明什么呢？"布雷恩问。

"我不知道，"我说，"可是你想一想，你要是能克服自己最害怕的东西，也许就会觉得……我不知道，也许就会有自由之类的感觉。你觉得呢？"

布雷恩说："嗯，这太傻了。你要是害怕什么东西，那恐怕是有道理的，而且，你应该学会远离它。我是这么想的。"

苏菲什么也没说。她像往常一样走到栏杆旁，站在那里凝望着大海。

33

人生／苏菲

今天早上，我醒来后就冒出一个念头：我恨大海，大海也恨我。这真奇怪，因为我其实不恨大海。

我进厨房去找东西吃，斯图舅舅也在里面。我最近不经常看见他。我醒着的时候，他一般都在睡觉；他醒着的时候，我又睡了。到目前为止，我觉得这样很好。

只有我们两个人在厨房里，我觉得很尴尬。我从来不知道该跟他说些什么。于是我决定问他一下罗莎莉的事。

"你见过罗莎莉吗？"我问，"就是多克舅舅说起的罗莎莉？"

"当然见过了。"他说。

"多克舅舅很喜欢她，对不对？"

"可不是吗。"斯图舅舅说道。他正在忙着整理一张清单，画掉一些内容，再添一些新的。

"那么罗莎莉嫁给别人的时候，多克舅舅肯定很伤心，对不对？他的心一定很受伤，对不对？"

"差不多吧。"斯图舅舅说。

"那他是怎么做的？"我问，"他是不是干脆把她忘了呢？"

斯图舅舅抬起头："忘掉罗莎莉？你开玩笑吧？你觉得我们途中在那么多地方逗留是干什么呢——布洛克岛、玛莎葡萄园岛，还有大马南岛？"

"什么？为什么呢？多克舅舅不是要找他的朋友吗？还有，我们不是要修远航者吗？"

"没错，"他说，"没错。"他整理了一下手里的纸。"听着，"他说，"别对多克说我跟你说了这些话。他还在想着罗莎莉。"

"我不会说的。"我说。

"布洛克岛——多克就是在那里遇见罗莎莉的。"

"真的吗？"我问。

"还有玛莎葡萄园岛，你记得乔伊吧？嗯，乔伊就是罗莎莉的哥哥。"

"她的哥哥？真的吗？"

"通过乔伊，多克了解到罗莎莉的丈夫去世了。"

"她丈夫去世了？她没再结婚？"我说。

"没错，"斯图舅舅说，"多克舅舅得知，罗莎莉去了大马南岛找弗兰克，她还要去看鲸鱼……"

"你是说咱们认识的那个弗兰克——大马南岛的弗兰克？那个弗兰克？"

"就是他。"

"可罗莎莉呢？咱们在那儿的时候，罗莎莉在哪儿？"

"走了。"

"嗯，她去了哪儿？"

"你猜。"斯图舅舅说。

我还没来得及猜，多克舅舅就下来了。斯图舅舅又忙着重新收拾纸张。很显然，这个话题到此为止了。

我后来想再问斯图舅舅，可是他说："我已经跟你说得太多了。暂时还是不要说这件事了。"

我说："关于罗莎莉你知道得可真多。我觉得没有人告诉你这些呀。"

"呵呵呵，"他说，"我知道的还远不止这些呢。"

于是，我开始琢磨罗莎莉到底在哪里，也许我们并不是真的要去找博比，也许多克舅舅要带我们去另外的地方，去找罗莎莉。也许她在格陵兰呢。我觉得格陵兰也在我们的航线上。也许她就在美国，多克舅舅正要掉转船头，回去找她呢。

昨晚我跟多克舅舅一起值班的时候，他的表现让我很担心。当时，我在掌舵，他站在前甲板上凝望着大海。他扭头看着我，审视了一分钟，然后说："苏菲，这都是怎么回事呢？"

"什么意思？什么'这都是怎么回事'？"

他深深地叹了口气："我是说，人生这东西。"

"你问我吗？"我说。

他的下嘴唇在上嘴唇下面皱起来，我觉得他马上就会哭出来。这会让人大吃一惊的，因为多克舅舅是一个很镇定、很沉稳的人。谁也想不到，他会对"人生是怎么回事"这个问题感到烦恼；更加想不到，他会大半夜的在一艘帆船上做出要哭的表情。

但他没哭，而是马上走向后甲板，心不在焉地收拾起绳索来。那就是他对于人生说的全部的话了。我看了看船外的水面，又仰头看了看天空，突然之间有一种强烈的感觉。首先，我感到的是彻底的平静，就好像这里是地球上最完美的地方，紧接着，这种平静突然变成了无边无际的孤寂。

于是，我开始想人寿保险的事。人要是能买一份保险保证自己一生都快快乐乐，保证你认识的所有人都快乐，保证他们都能顺心遂意地做自己想做的事，找到自己想找的人，那该多好啊！

34
一个小孩的噩梦/科迪

　　我没怎么睡好。因为老爸总是烦我，斯图叔叔跟布雷恩在吵架，多克伯伯又训了我，他嫌我忘了把一根绳子收紧。再加上外面一直在下雨，雾蒙蒙的，海面波涛汹涌。许多事在我脑子里打架。

　　我好不容易才睡着，苏菲又尖叫起来，把我吵醒了。她做了个噩梦，可是她不告诉我梦见了什么。她曾经跟我说过她认识的一个小孩的故事。

　　小孩大约三岁的时候去了海里。也许那个小孩的妈妈也跟着去了，对这一点，苏菲不太确定。小孩躺在一条蓝色的毯子上睡着了。

　　然后水涌上来，淹没了小孩的身体。大水看上去像一堵高高的墙。小孩的妈妈抓住了小孩的手，可是大水想把小孩带走，使劲地往外拽！小孩什么都看不见，也无法呼吸。

呼！妈妈猛地把小孩高高地举了起来。

"你知道吗？"苏菲说，"那个小孩现在还会梦见海浪扑过来。"

"你的意思是那个小孩现在还怕水？"

"不是这个意思，"苏菲说，"那个小孩喜欢水，喜欢大海。"

"可是小孩为什么老做这样的梦？"

"我不知道，"苏菲说，"也许这件事来得太意外了，本来她很安全，睡得很熟，很温暖，很幸福，可海浪突然就打过来，要把她卷走……"

"哇，"我说，"海浪似乎一直在纠缠这个小孩，这个小孩好像害怕海浪还会回来。"

"也许吧，"苏菲说，"也许不是……"

在一整天的时间里，苏菲都怪怪的。她先是盯着海面看了一会儿，然后冲到甲板下面，接着再跑上来，好像待在甲板下会让人窒息一样。她就这样下去上来、上来下去地跑。也许她在担心那个小孩吧。

35

蓝色波普/苏菲

出海已经十天了，远航者行驶了一千三百英里，完成了一半的航程，再走一半就能见到博比啦！我们已经跨过了两个时区，所以现在我们的表比出发的时候调快了两个小时。接下来还要跨越三个时区。每次调表，科迪都会说："再见，时间！"那些"时间"都去哪儿了呢？

我们此刻位于纽芬兰以东五百英里、格陵兰以南九百英里的地方。我总觉得多克舅舅会说"哎，咱们在格陵兰停一下吧"，或者"咱们在纽芬兰停一下吧"，然后我们就会靠岸，他会四处寻找罗莎莉。但直到现在，他都没有提过停下的事。

前几天一直非常冷。现在，我们靠近墨西哥湾流，渐渐觉得暖和了。斯图舅舅说拉布拉多寒流（大西洋中最冷的洋流，从北边流过来）和墨西哥湾流（大西洋中最暖和的洋流,从南边过来）会制造出"非常有趣的天气"。

"这是什么意思？"我问。

"哦,你知道,就是那种突如其来的、非常猛烈的风暴。"

我不知道斯图舅舅这样说是不是在考验我——看看我会不会被吓哭,或者,他说这些话只是让我对有可能出现的情况做好心理准备。

就算我害怕,也不会让人看到,我也不会哭出来。

昨天,我们贴着一场风暴的边缘航行,斯图舅舅大声地发号施令:"关闭电气设备！"

"为什么？"科迪和我问道。

"你想当避雷针吗？"

远处,乌云低垂,狂风朝远航者扑过来。

斯图舅舅拿出一张清单:"雷达！"

科迪关闭了雷达:"检查完毕啰。"

"卫星导航！"

"关闭啰！"

"远距离无线电导航系统！"

"咔嚓啰！"

斯图舅舅冲科迪吼道:"你说的都是些什么玩意儿？到底关上了没有？"

"关闭啰！"科迪说。

我没听完他俩的争吵就走开了,因为我在值班。我们的船正在与风暴赛跑，那感觉真可怕！我们都穿着防水服，所以不在乎大雨劈头盖脸地打下来。我觉得，此时此刻，有一段高亢、激昂的古典音乐做背景音乐就好了。在这种情景下，每个人都觉得全身上下充满了活力，每个人都要使出全部的力气才能活下去。船在帮你保命，你也在保全船，每个人都同心协力地参与其中。呼！我们从风暴的边缘冲了过去！

我们几乎每天晚上都能与文明社会发生联系。科迪还成了业余无线电爱好者，这让大家都很吃惊。无线电中有一大堆术语，你必须时时刻刻集中精力，才能听明白对方在说什么。我们的呼号是 N1IQB 海上移动电台，用业余无线电的行话，应该这样说：十一月—1—印度—魁北克—亡命徒—海上电台。科迪说起这一大套话像在说外语似的，真的很酷：

"这里是 N1IQB 海上移动电台……十一月—1—印度—魁北克—亡命徒—海上电台……完毕。"

摩舅舅今天教了我们几个新的术语，它们都很像密码：

QSL：收到了吗？

88：拥吻。

科迪在无线对讲机上是这么说的：

"这里是 N1IQB 海上移动电台，正在呼叫 WB2YPZ

海上移动电台，威士忌—亡命徒—2—美国佬—爸爸—祖鲁，完毕。"

对方回应道："收到，N1IQB，请传送，完毕。"

到目前为止，我们还一直没能跟认识的人联系上。因此，我们只好通过业余无线电找一个住在康涅狄格州的人，然后请他帮我们给别人留个言，或者帮我们接通电话。科迪说，大多数陆地上的业余无线电玩家都能帮忙接通电话，他们把电话接到无线电台上，通过对方付费电话拨通对方的号，然后你就能跟任何人通上电话了。

通话的声音很不清楚，断断续续的。不过只要接通了，大家就会觉得很神奇。可惜接通并不容易。我们曾试过这样打电话给我爸爸，但一直都没成功。

科迪鼓捣无线电的时候，我非常兴奋，希望能听到熟悉的声音。可是，时间过去了很久，或者老是接不通，或者听不清。这让我很恼火，甚至觉得还不如不试呢。而且，能够跟别人联系上，还是让我有作弊的感觉。

我跟多克舅舅说过这种感受，他说："什么？你想跟所有的人都断绝联系？与世隔绝？"

"我没这么说。我只是觉得我们应该完全靠自己的力量来做这些事。"

多克舅舅说："苏菲，你知道，依靠别人并没什么不好的。"

我一整天都在想这件事。我为什么觉得应该自己一个人去做所有的事？为什么谁也不依靠对我来说这么重要？我一直觉得这样挺好的，可是听多克舅舅那样说，我觉得自己的想法挺自私的。我不知道这是什么原因。

今天午饭的时候，全船的人都同时醒着，这真难得。多克舅舅说："哎，还记得发现小橡皮艇的事吗？就是我们小时候……"

摩舅舅说："没错！是蓝色的那个吧？"

斯图舅舅也插话道："嘿，我记得！那艘小船是被海浪冲上岸的，对不对？我们发现之后就宣布它是我们自己的……"

"我们还给它起了个名字，还记得是什么吗？"多克舅舅问道。

摩舅舅和斯图舅舅想了一会儿。很快，斯图舅舅脸上露出了笑容——也许这是我第一次在他脸上看见笑容——他说："我想起来了！蓝色波普①！蓝色波普，对不对？"

摩舅舅笑了。"没错！蓝色波普！"

"还记得不？"斯图舅舅说，"我们兴高采烈地上了

---

① "波普"音译自 Bopper，有"爵士乐手"的意思。

船，把它推到水里去，一个个笑得跟非洲鬣狗一样。"

"我们笑得太疯了，竟然没注意……"

"浪把我们推得越来越远。"

这时，斯图舅舅笑得都噎住了："然后……然后我们才发现……"

"我们连一把桨都没有！"

他们全都大笑起来。刚开始，我也跟着笑，因为他们在笑——他们滑稽的样子真有趣。可是，我忽然想起来，他们坐上了一艘没有桨的小船，这其实没有什么可笑的呀。我想象着他们在水上漂啊漂，孤立无援。想到这里，我起了一身的鸡皮疙瘩。

"后来呢？"科迪问，"你们是怎么回来的？"

"嗯，"摩舅舅说，"记不太清楚了。"

"反正我们回来了。"斯图舅舅说。

我当然知道他们都安全回来了，因为他们正在我面前讲这件事呢。可我刚才还是莫名地担心，直到斯图舅舅说他们都安全回来了，我悬着的心才放下来。

"然后博比他……哦，天哪！"多克舅舅说。

"怎么啦？"科迪问，"他抽你们了吗？"

"博比吗？"斯图舅舅说，"博比从来没打过我们。"

"没错。"多克舅舅说。

"那你们回去后，博比做了什么？"科迪问。

斯图舅舅说:"他领着我们走到棚子前说:'你们看见里面那些木头做的东西了吗?那叫桨。你们下次下海的时候,要记得拿上一对桨。'"

斯图舅舅把这个故事讲得很好玩,他们坐在甲板上笑了很长时间。但我不得不下去了,因为我脑子里总是浮现出他们在海上无助地漂荡的情景。

昨天我又爬到了桅杆顶上,这一次到了顶端!挂旗子的绳子被卡在滑轮里了,因此,我在安全带上系了根新的绳子,让科迪把我拉上去。狂风呼啸,船前俯后仰,上下颠簸,我死死地抓紧桅杆。这是我和风之间的竞赛,风好像在说:"苏菲,你能做到吗?你肯定不行!"我好像在回答:"我能做到!你看着吧!"有时候,最困难的事情会给你带来最好的感觉。

我们还注意到帆杠的底部出现了裂缝,就是跟桅杆相连的地方。这可是一个大问题。多克舅舅说我们可以捆扎一下,希望裂缝不要变大。

还有一个大问题是制水机,它也坏了。谁也搞不清楚问题到底出在哪里,可是布雷恩一定要在今晚洗一个热水澡,所以我们得把它修好。说起热水澡,我才想起我们浑身都是臭味儿!船上的所有东西都有味儿。

斯图舅舅冲我大叫,让我帮他修理东西,所以我只能写到这里,下面是我的话:

马鲛鱼—奥斯卡—爸爸—旅馆—印度—回声（苏菲）。

QSL？（收到了吗？）

88。（拥吻。）

V 风和浪

36
颠 簸／科迪

翻滚，颠簸，想吐。

然后——
吐了。

然后——
不吐了。

37

风/苏菲

大海，大海，大海。海浪起伏、翻滚，在我耳边呼啸。

从昨天傍晚时分开始，风一直在呼啸，我们拼命对付，筋疲力尽。风力刚开始加大的时候，我们降下主帆，把它的尾端绑起来，让它受风的面积小一些。在我们准备降下后帆的时候，主帆的帆杠断了，这是我们一直很担心的事。

多克舅舅和摩舅舅先用绳子把帆杠根部拴结实，再用钢管固定住。我们都祈祷这样做能奏效。

风在船帆周围肆虐，把我们吹得东倒西歪。海浪越来越高、越来越大，撞击出一道道的泡沫。我不知道怎样描述海浪的高度——它们看起来有两层楼高——你都不敢相信，水能升那么高，然后就劈头盖脸地朝你打下来。

我们现在已经把两张帆都收了起来，多克舅舅像真正的船长一样在发号施令。我很高兴自己知道大部分的专业术语。在这种时候，你根本没有时间去想右舷在哪里，水手长的舱位在哪里，升降索和外牵索有什么不同——你必须对这一切都烂熟于胸。更让我高兴的是，我摸过远航者上几乎所有的绳索和滑轮，也知道怎么操作这些东西。我真的有用。而且就眼前的处境来说，一个人是男是女都不要紧，能干活就行。

多克舅舅在叫我……

38

呼 啸／科迪

海风肆虐，巨浪滔天。周围的一切都在号叫、翻腾。

我觉得我们完了。

39

忽起忽落 / 苏菲

我们把所有松动的东西都绑紧，这样忙忙碌碌地干了近六个小时，可风力还在不断增强。风从东南方向疾驰而来。早先，我们感觉就像在坐过山车，有时候还挺好玩的。船在海上急速向前，我们必须让船体与波浪涌动的方向保持垂直的角度，这样才不会被浪掀翻。我们一会儿冲上浪头，一会儿冲下波谷，忽起忽落的。

现在，海浪涌动得更猛烈了，它高高升起来的时候像是流着口水的巨兽，在空中喷出一股股的泡沫。有时巨浪就在身后，你甚至能看见随着巨浪一起升起来的大鱼。

想看清楚很难，想思考很难，想保持站立的姿势也很难。我跪在甲板上系一根绳子，一回头却看不见甲板上有任何人，但就在一分钟以前，我还看见多克舅舅、科迪和摩舅舅在那里呢。我冲他们刚才所在的方向大喊，可大风又把我的声音吹回了嘴里。我听见脑子里有一个很小的声音在呜咽着说话。

"船帆绷得太紧了！"多克舅舅大喊着从雾中现身。他盯着船帆，只见两张帆顶部的索环像要蹦出来了。噌，啪，噌！主帆从顶部裂开，接着完全被撕坏了。

我们收起主帆，打算挂上风暴中使用的斜桁帆，可是还没等升到顶上，它的索环就被风扯掉了。摩舅舅被一股强风吹了个趔趄，撞在我身上，把我压到支索上。

"后桅上的旗索断了！"科迪喊道。

"听见没？"摩舅舅说着，挣扎着站起来，"这小子不是白痴。他还知道点儿事。"

后桅上的帆也裂开了，我们把它降了下来。可是一降下来，升降索就没了束缚，开始使劲地晃动，最后卡在了桅杆顶部。

多克舅舅抓紧栏杆，冲着大海喊道："啊，罗莎莉！"

这就是我们的船，桅杆上空空荡荡的，在狂风巨浪中像一个软木塞一样上下起伏，仿佛在向离大陆最远的地方漂去。

40

没时间／科迪

　　没时间听博比的故事，没时间玩杂耍，没时间学打结。狂风呼啸，大海在发怒，我们的帆都降下来了。

　　我到甲板下面去的时候，老爸抱住了我。

　　"我不想死。"我跟他说。

　　他紧紧抱着我。"你不会死的，"他说，"你不会的，苏菲也不能就这样死去。"

　　"苏菲不能？那么多克伯伯、布雷恩，还有……"

　　"我们不能让这样的事情发生。"

　　他是什么意思？他好像在用电码讲话。好像一提起苏菲，大家都用电码讲话，甚至苏菲自己也在用电码讲话。

41
冲浪/苏菲

　　我掌舵已经大半天了，可海浪对我们毫不留情。每隔五分钟，就会有巨浪打过来，海风也在号叫，呜——呜——，好像要把船吹翻。科迪在船头干活的时候，一个大浪把他的脚打湿了。

　　"科迪，系上保险绳！"多克舅舅冲他吼道，"苏菲，锁住轮盘！"

　　我使出全身力气将轮盘锁定在我们的航向上。斯图舅舅冲了热巧克力，好让大家暖一暖。我们都凑在一起商量下一步该怎么办。同狂风巨浪搏斗了这么久，我们都累散架了。风浪的能量简直太大了。我们就像一颗颗沙子，被巨大的能量包围着，随时可能被打碎，变成千万颗微尘。在这种情况下，你禁不住会想，这狂风巨浪似乎同你有深仇大恨，抓住你就不肯罢休。

我坐在前舱里，浪比刚才更大了一点，风速大约有五十节。大海白茫茫一片，看起来非常的怪异。空气中有一种奇怪的味道，像是海藻、泥土和鱼混合起来的气味。

斯图舅舅和布雷恩一直想试着修理斜桁帆，可是风向又变了，没有帆我们也能沿着既定的航线行驶。我们顺风而行，风浪正推着我们以惊人的速度前进。

科迪在大喊，说后桅的帆杠也断了。

接下来会是什么？

后来：

我们决定不挂风暴帆了，因为升降索不够用，而且帆杠受力太大。我们的船乘风破浪，直奔爱尔兰。

后来：

我感觉很沮丧，虽然我不想这样。我总是时不时地被这种情绪困扰着。我喜欢干船上所有粗笨的活，比如甲板上的活，我总是抢着去做，可一掌舵我就不灵了。

"苏菲，不要以为你能做那个。掌好舵。"

"这件事有点难，苏菲。把舵掌好就行了。"

让我守着舵也没什么问题，只不过觉得在甲板上面更带劲。甲板上视线开阔，你能感到船前进的速度和海浪汹涌的气势。

后来：

我抢着要去帮忙挂斜桁帆,可是多克舅舅让科迪去了,我因此发了点脾气。

"我知道我不如科迪强壮,可是只要努力也能弥补啊!"我大声说道。

多克舅舅的脸上显得很疲惫。"苏菲,你掌好舵吧。"他说。

我站在那里,一边扶着舵的轮盘,一边对着狂风低声地发泄内心的愤怒。这时,布雷恩走过来说:"苏菲,别那么自私啦。"

"自私?我?你究竟在说什么?"我简直气疯了。我不明白他为什么这样说我。

"你知道,这不是你一个人的事。每个人都应该去做他最擅长的事,每个人都要听船长的命令。"他用手使劲戳了戳我的肩膀。

"别戳我!"

他又戳了戳我:"你之所以能在这艘船上,是因为多克叔叔可怜你。你之所以在这里,因为你是个……"

"什么?我是什么?"

船晃了一下,他的手推了我,我也推了他一把,把他推到栏杆上。船又晃了晃,他挣扎着站起来,抓住了栏杆。然后他走了,我僵立在那里,紧紧地抓着轮盘。

这时,科迪不知道从哪里冒出来了,他抓着布雷恩,把他往船的中间推了一把，说："系上安全带，无所不知先生！"

布雷恩钻进了船舱，科迪看了我一眼，眼神怪怪的。"刚才是怎么回事？"

"没事。"我回答，浑身不停地在颤抖。布雷恩刻意避开我，我也不想见到他。

我觉得自己不像苏菲了。我觉得自己像一只愚蠢的小海蚤。

42

战 斗 / 科迪

狂风肆虐，巨浪滔天。我们就好像在打仗。如果待在甲板上，把精力全部集中在努力修理东西或者站直身体上，感觉还好一些。一旦什么都不干，到底舱里去，哪怕有一分钟的时间闲下来去思考，你就会觉得自己马上要死了。

这就是我回到甲板上的原因。

43

疲惫／苏菲

　　外面的情况很糟糕。我们都疲惫不堪，我累得连日志也写不了了。

　　今天每个人都哭了，除了我以外。我不要哭。

44

儿 子 / 科迪

今天老爸对我说，我一直都是个好儿子，可他不是个好父亲，他很抱歉。

不过他错了——我并不一直都是个好儿子。

45

孤独/苏菲

　　糟糕，糟糕，糟糕，糟糕。这种糟糕的情况还要持续多久？

　　以前，我掌舵的时候，所有的人正好都在甲板上，我扭头看见斯图舅舅搂着布雷恩，摩舅舅搂着科迪，多克舅舅则抓着栏杆，凝望大海。他在思念罗莎莉吗？我想放开舵，拥抱一下多克舅舅，或者让他也搂着我，可是我不能离开自己的岗位。

　　在大海上，我们都是孤独的人。

46

博比和大海／科迪

我们可能进入了一片奇怪的海域，这里总是波涛汹涌、狂风怒号。或者，我们一直在兜圈子，永远也没办法逃出去，最后全都饿死在这里。

今天早些时候，苏菲和我都瘫倒在床上，想睡一会儿。这时，她跟我讲了博比的另一个故事。故事是这样的：

博比年轻的时候，有一次，他出发到海边去，因为他从来没有见过大海。他沿途搭车从肯塔基到了弗吉尼亚的海岸。来到海边后，他坐在沙滩上，一下子就爱上了大海。他喜欢大海的一切：气息、声音，还有海风吹到脸上的感觉。

他走进水里，海浪不断把他推倒，可他还是一直往前走，直到海水淹到了他的脖子，他顺势仰面躺在海水里，看着天空。这时，他想到了另一片大海，英格兰的那片海。他突然意识到自己曾经见过大海，就在小的时候。他接着想，这两个地方的海水其实是连在一起的，从弗吉尼亚一直延伸到英格兰。也许托起他的这片水，还曾经拍打过英格兰的海岸，也许他蹒跚学步的时候还踩过这片水呢。

后来，他想站起来，可脚却够不着海底了。他朝海岸的方向望去，才发现自己已经被海浪推得很远了。于是他往回游。"喔——驾，喔——驾！"他给自己打气。但他离岸实在太远了，他太疲惫了，不知道自己是否有力气继续游下去。他尝试着让自己漂起来，休息一会儿，然后再游一会儿。最后，他回到了岸边。

他累得躺在沙滩上睡着了。醒来后，他搭车回到了肯塔基。

后面的故事你都知道了：一顿暴打和一块馅饼（又是苹果馅的）。

47

十级风/苏菲

　　大海，大海，大海。它汹涌澎湃，巨浪翻滚。远航者似乎要被吞没了，我很害怕。

　　我们遇上了十级大风，多克舅舅说风速有五十节。海浪像高墙一样，日夜拍打着我们的船。我们还没把帆挂起来。每隔二十分钟左右，就会有巨浪从我们后面拍过来，驾驶舱里灌满了水。我们一直在说，快停了，快停了。风吹得太猛、太久了。

　　"鼓起勇气！"多克舅舅冲我们大喊道，"潮水很快会送我们靠岸登陆。"他这么说真奇怪，因为我们离陆地已经很远了，可很快他解释说，他是在背诵丁尼生[①]的

　　[①] 丁尼生，英国维多利亚时代的著名诗人。多克舅舅念的那句诗出自他的代表作《食莲者》。

诗。

斯图舅舅（他的外号是"从不晕船的斯图"）晕船了。他面色蜡黄，一点儿力气也没有。我们把他的工作接过来，并祈祷自己不要像他一样垮掉。

现在是凌晨一点，我在甲板上值班。一个大浪刚打在船上，驾驶舱里灌满了水。风啊，快停下来吧。

48

夜 晚 / 科迪

有人会在大海里看见这本漂着的狗狗日志吗？老妈会知道我们发生了什么事吗？

老妈，昨晚我们曾试着给你发消息。我们爱你。

要是我能从头再活一次……

没有白天，只有黑夜。

我们相互说话都得扯着喉咙大喊才能压过风的声音，可我只想低声说话。我想说一些好的事情，但没时间，大家的时间都用来跟狂风搏斗了。

昨晚，我梦见了苏菲。今天早上我问多克伯伯，苏菲知不知道她父母到底出了什么事。他说："苏菲在某种程度上一定知道，可她意识到这一点了吗？这就只有苏菲才知道了。"

我问他，为什么谁都不愿意提这件事，为什么谁都不愿意告诉我和布雷恩。他说："现在还不是时候。也许你们该听苏菲说出来。那是她的故事。"

49

旋 转/苏菲

凌晨一点钟，科迪、多克舅舅和我一起去值班。天气看起来似乎好些了。希望等我们值完班，把远航者交给摩舅舅、布雷恩和斯图舅舅的时候，大海会平静下来。

"划破这喧哗的海浪！"多克舅舅大喊道。

"又是诗？"我问。

"没错。"他说。

我们值了一小时班后，科迪冲我大喊："马鲛鱼—奥斯卡（苏菲）陛下在哪里？"

我的脑子木木的，耳朵里像塞了东西。他在说什么？

他又喊了一声，并且紧了紧腰带："陛下！"

我拍了拍自己的头，假装头上有个王冠，还行了个屈膝礼。我以为他在跟我闹着玩。

他离开自己的位置，冲上来，手里拿着我的保险绳。

哦，原来他说的是"系一下"，不是"陛下"。我觉得自己好傻。科迪给我系紧保险绳，说："苏菲，你要记得系上这个。必须系上。"

"哦，"我说，"天气好多了。咱们没事了。"

"咱们还不安全，苏菲。系好。"

可大海确实平静了一两个钟头，风也稍稍弱了一些。我看着科迪在甲板上忙活。他一会儿修整船帆，一会儿系紧绳子，紧接着又去调整缓冲垫的位置，然后又去整理船帆。多克舅舅在甲板另一头，也做着同样的事情。海面仍然波涛汹涌，可是他们如履平地，动作就像精心设计的舞蹈一样。

凌晨三点半左右，离我们值班结束还有半个钟头，风又大起来。多克舅舅在驾驶舱里，科迪掌着舵轮。我坐在舱门旁边，负责观察有没有巨浪从我们身后打来，好提醒他俩。

每当一个巨浪拍过来，我就觉得浑身虚弱无力，还老想呕吐。这倒不是因为巨浪让船摇晃得厉害，而是因为我害怕浪太大，会把我们的船打翻。在远处，我看见了一个跟其他的浪都不一样的巨浪。这个浪要大得多，看上去至少有五十英尺高，而且，它不像其他的浪那样是深色的。它是白的——完全是白的，整个浪里都是泡沫，就好像刚刚被拍碎了一样。我只盯着看了几秒钟，想弄清楚里面到底是什么，可一瞬间，它就来到我们身后了，而且越来越大，表面都是泡沫。

我冲科迪大喊："科迪，看后面！"

他转身飞速看了一眼，立即转过身蹲下，抱住了头。

大多数从后面来的巨浪，都会在船尾拍下来，有时泡沫会从驾驶舱的两边涌上来。可这个浪跟别的不一样。我看着它卷起来，高高地卷起来，在我们身后升得越来越高，最后，它的高度超过了远航者。它泛着白色的泡沫，里面有成千上万加仑①的水。

"科迪！多克！"我喊道。

接着，我就看见巨浪打到了科迪身上，就像有几百万块砖头砸到了他的肩膀和头上。我深吸一口气，闭上眼睛，抱住了头。

我在巨浪里面漂浮、打旋，被抛来抛去。我记得当时心里在想：屏住气，苏菲。接着又担心自己能否憋住气。一股强大的力量推着我的身体，这种力量似乎不可能来自水——水那么柔软。

我忘了保险绳的事。我觉得自己身上没有系任何东西——保险绳到底系上了没有？

我好像掉到船外面去了。我感觉自己掉出去了。我

---

① 1加仑约等于3.79升。

会永远待在水里，旋转、翻滚，像一个球一样吗？我是在海里吗？我从船舷上掉下去，掉到海里了吗？我现在四岁吗？脑海里还传来一个孩子的尖叫声："妈妈！爸爸！"

然后我听见有人在叫我："苏菲！"

写到这里，我又想吐。

50

巨浪／苏菲

巨浪。巨浪。巨浪把我拍倒在遮盖船舱的防浪帆布上，接着，我又倒在了船舷旁边的甲板上。我躺在甲板上，像海龟一样四肢疯狂地挣扎着想抓住点儿什么。我本能地意识到，在下一个巨浪打来之前，我得想办法离开这里。我的保险绳系得紧紧的，没有松开。要不然，此时我早就掉到海里被冲走了。

我看见斯图舅舅蜡黄色的脸从主舱的门口露出来，就好像有人刚刚朝他的肚子打了一拳似的。他大张着嘴巴，眼睛直愣愣地盯着前面。

我这时唯一能想到的就是：科迪和多克舅舅在哪里呢？

斯图舅舅抓住我的保险绳，把我拉进了舱门。我一下子跌坐在导航台上，感觉腿疼得要死，好像已经断了。

我觉得恶心，心脏跳得很快，就像要从身体里蹦出来一样。而且，虽然我此刻已经坐下了，还是感觉双腿难以支撑。

我瘫倒在有一英尺深积水的地板上，努力集中精力想弄明白船上的人都在哪里，是不是每个人都在船上，都没事。我周围散乱地堆放着衣服和食物。我看见了斯图舅舅、摩舅舅、布雷恩。我的脑子没有办法数数，也不能集中精力。

我从地板上爬过去。少了谁呢？斯图舅舅、摩舅舅、布雷恩，他们都在。我在地板上爬行，穿过一堆堆的脏东西。突然，我叫起来："科迪、多克！科迪、多克！"我爬到尾舱，一下子瘫倒在一堆湿衣服上。"科迪、多克！科迪、多克！"

然后我看见了布雷恩，他跪在我身边，说："他没事，苏菲。他没事。他在上面呢。"

"谁在上面？"

"多克。他没事。"

"那科迪呢？科迪在哪儿？"

一群人影在我眼前穿梭，他们忙不迭地在抽水。

"他没事，苏菲，"布雷恩说，"他在船上。我看见他了。"

"你的胳膊怎么了？看起来不对劲呀。"

布雷恩用左胳膊托着右胳膊：“可能撞伤了。”

我一直在脑子里使劲地想着每个人所处的位置。每个人的名字在我脑袋里至少过了有二十遍，每次我都要一个一个地确认他们目前的位置：多克舅舅在底舱抽水；摩舅舅在甲板上加固舱门；布雷恩在我面前舀水呢；斯图舅舅也在舀水。科迪？科迪在哪儿？科迪在哪儿？一想到科迪，我的脑子就卡壳了，直到最后才想起来：他在甲板上。

这时，科迪出现在楼梯下面，他满脸是血。那个巨浪让他的头撞到了舵轮，他的鼻子被撞破了，左眼眶也裂了个口子。他从我身边匆匆经过，进了卫生间。

我跟过去，只见他坐在地板上，腿上放了一堆创可贴，一副茫然无助的样子。

“苏菲，”他说，“帮我贴上。”

我爬到前舱去拿急救包，然后又爬了回来。我用清水擦拭血迹，从他的脸开始。伤口很深，我先给他消毒。他疼得直咧嘴，接着又呕吐起来了。

我嘴里不停地絮叨着：“没事了，科迪。没事了，科迪。你只是被撞了一下。没事了，科迪。”

我又清理了一遍伤口，然后盖上厚厚的纱布，再包扎好。他看起来伤得很惨，好在他的脸暂时没事了。我给他找了几件干衣服，扶他上床，给他盖上毯子。

我照顾科迪的时候，双腿还钻心地疼。周围一片狼藉，混乱的景象让人触目惊心。防浪帆布铺在甲板上，支撑它的金属架子原本固定在甲板上，现在全都被拔了出来。驾驶舱里的桌子坏了，无线电台的天线没了，舱门也消失了。舱外的喇叭也不见了，还有一个水桶、一把蓝色的椅子和几个坐垫也一起消失了。

应急淡水箱的顶盖被冲走了，里面的水流得一干二净。驾驶舱里的木头比以前的颜色浅了些，像是被磨掉了一层皮。

底舱里所有的东西都被水浸湿了。水从舱门灌进来，就像消防水龙头被打开了一样，所有的东西都泡在水里。有一罐辣椒原本还剩一半，巨浪光顾以后，辣椒撒得到处都是，罐子里面都是海水。

全球定位仪、无线电台和雷达都坏了。

每一个巨浪袭来，我们都感觉像骑在一头野牛背上，到处乱撞。

51

一瘸一拐/科迪

　　我们走路都一瘸一拐的。我有一种置身事外的感觉：我好像在别的某个地方观看这里上演的一场奇怪的电影。我如果能提前知道电影的结局就好了。如果结局是能靠岸，那我现在就能放松一点。可要是根本就靠不了岸，那我们为什么还要浪费这么多时间去修理船上的东西、说船上的行话呢？我们为什么不干点更重要的事呢？可什么是更重要的事呢？

52

混 乱/苏菲

大海，大海，大海。它轰隆隆地怒号着，波涛汹涌，让我心神不宁；它让我们所有人都心神不宁。

听着海浪拍打的声音，我们都会发抖。我一闭上眼睛，眼前就全是雪白的巨浪，耳边回响着低沉的隆隆声，越来越大。我们都不敢睡觉，担心那个巨浪会回来。

即使躺在床上，只要听到新涌来的波浪发出哪怕很轻微的声音，我们就会立即跳下床来。巨浪袭来的情景在我脑子里从所有不同的角度一遍又一遍地回放着。这就像出生时的感觉：我在自己小小的世界中翻滚着，突然，一股强大的水流猛地冲过来打到我头上，我紧紧地缩成一团。接着，大水推着我挤过一个很小的空间，然后我感到非常无助，后背都湿了，只有一根非常细的红线拽着我。最后，一只大手把我拉走了。我讲不出话来，只是抽泣、呻吟着。

舱门修好了，底舱里大部分的水也排出去了。科迪又开始四处忙活。可摩舅舅也跟斯图舅舅一样，开始晕船了。布雷恩的胳膊拉伤得很严重。多克舅舅扭伤了背。我们真像是一群残兵败将。

我的右腿仍然很疼，尤其是膝盖那里，还有大腿后边。左腿还算好，只是脚踝有点扭伤。除了这些以及脑袋后面鼓起一个大包之外，我整个人还算完整。

可是，我的心却已经变成了一堆碎片。我觉很奇怪，很陌生，也很混乱。有时候，船只是轻轻地摇晃一下，或者在快速前进，我就仿佛被震散成了千万块碎片，接着，这些碎片都纷纷落入大海。

我的保险绳就在身旁，这根细细的不锈钢绳子救了我的命。多克舅舅和科迪好像也是靠保险绳捡回了命。到目前为止是这样的。

科迪脸上的伤还很严重。昨天，他一清醒过来，马上就问我有没有给他做苹果馅饼。刚开始我没听明白，他接着说："你知道的，就像博比那样。他要是大难不死，总是有苹果馅饼吃。"

"他还挨抽了呢。"我说。本以为科迪听了以后会笑，可他却说："你觉得他父亲日后会不会后悔当年抽他呢？"于是，我给他讲了博比的另一个故事，这个故事并没有直接回答他的问题，可似乎也挺合适。

53
博比和他的父亲/科迪

我的脑袋被撞了，刚刚清醒过来，苏菲就给我讲了博比的另一个故事。这个故事跟以前的都不一样。这一次，博比没有掉到水里，也没遇到别的危险。故事是这样的：

博比的父亲很老了，还生了病，博比去看他。一连三个星期，博比每天都坐在父亲的病床前。

第一个星期，博比坐在那里生父亲的闷气，基本上没开口跟他说话。第二个星期，博比更生气了，坐在那里跟父亲说起了每一次父亲抽他的情景。

"你还记得，我从俄亥俄河的桥上掉下来，差一点淹死的事吗？你还记得抽我的事吗？"博比问，"你还记得我开着车，在河里翻了车，我回到家后，你把我抽得青一块紫一块的吗？"博比就这样不停地说着。他父亲只是躺在床上，偶尔朝他眨眨眼睛。

到了第三个星期，博比不说话了，只是看着父亲，看着他的手、他的脚、他的胳膊、他的腿、他的脸。他摸了摸父亲的前额和脸颊，然后离开了医院。第二天他回来了，跟父亲说："猜猜我给你带来了什么？苹果馅饼！"

父亲哭了，博比也哭了。

苏菲讲完博比的故事后，我也很想讲故事给她听，可是我想不起任何故事。

54

修理大师/苏菲

科迪脸上的情况看起来很不好，但他总体还好——我的意思是，他身体的其他部分还行。另外，他现在更清醒、更严肃了，好像觉得需要做点事情来弥补失去的时间。他就像一个单枪匹马的、全能的修理大师，注意力全集中在寻找需要修理的东西，以及如何修理上。

其他几个人都只能断断续续地干点活，只有科迪停不下来，他甚至连觉都不睡了。大家都喜欢让科迪或我来掌舵，因为我们俩似乎找到了一种办法，可以让船跟海浪的起伏节奏一致。他们说，远航者在我们的掌控下航行更平稳一些。不过，我不能站太长时间，因为我腿上的伤真的挺厉害。

现在，大家都很感激科迪。我没听见谁把感谢的话大声说出来，但我知道大家心里是这样想的。也许，他们还有点感激我，但我觉得这已经不重要了。

多克舅舅已经确定，全球定位系统、无线电和雷达都不能用了。我们不知道自己在哪里，也没有其他人知道我们在哪里，万一身处绝境也就无法呼救了。

我们还没把帆挂起来，大家都在祈祷风浪能平息下来。同时，我们把醒着的时间和全部的精力都用在清理工作上。大家比以前更安静了，都在思考活着的意义，想着生和死之间的界限是多么的脆弱。

55

潮 湿/科迪

潮湿，潮湿，潮湿。几乎所有东西都湿透了。只有前舱的一部分是干的，所以我们只要能有几个钟头眯一会儿，就钻到那里去。

苏菲的腿仍然钻心地疼，不过倒是能走动。她很紧张，却竭力装出一种什么事都能应付的样子。

我们都累了，倦了。"扑通——叮咚！呵呵，呵呵。"几分钟前，布雷恩发出怪声，想逗大家乐一乐。

不过，我们终于挂上帆，再次起航了。苏菲和我收起主帆，把已经修好的、有风暴时才用的斜桁帆挂到后桅上。远航者看起来有点古怪，但一直在前进。同时，我们还在努力让这艘船变得适宜居住。防浪帆布被放回了原处，热水器和舵轮（被我的头砸弯了）也修好了。

我们也许能到达目的地。

56

有用的人/苏菲

我们一直在用六分仪来导航，因为按多克舅舅的说法，我们的卫星导航系统已经被"烧坏"了。只有布雷恩和斯图舅舅比较擅长用六分仪。我听见科迪跟他们说："你们会用这玩意儿真让我高兴。"

他们都抬头看着科迪，面带微笑，再没说什么傲慢无礼的话。

科迪走过来坐在我身旁。"你知道，"他说，"也许每个人都想让自己有用。"他帮我系鞋带，把每一根都打上了一个尾结。"另外，还想让其他人关注自己。"他补充道。

"你挺有用的，科迪。"我说。

"你也是，马鲛鱼—奥斯卡。"他说。

自从经历了那个巨浪以后，我值班的时候就多了很多困难。现在海上的浪根本没那么大，可在我眼里仍然很可怕。我总是不停地回头看，觉得每一个顶端有泡沫的浪都会变成那个巨浪。

我想起在大马南岛捕龙虾、挖蛤蜊，以及驾着小船去伍德岛的情景，那些似乎都是一个多世纪以前的事了。那时候，我们多么渴望赶紧起航啊，根本不在乎前方有什么在等着我们。

我觉得我似乎需要从头再来一次，重新爱上航行，因为现在我不爱了。我只想快点到达博比那里，暂时忘掉大海。

可我们还没到那里。我们在这里。

我原本觉得心里妥妥帖帖地藏着某些东西，它们就像藏在远航者的底舱里，还有地板遮住。可现在我觉得，地板仿佛被巨浪卷走了，藏在下面的东西漂浮在周围，我不知道该把它们放在哪里。

科迪真了不起，他发现了一艘加拿大的军舰，还与对方取得了联系。他们帮我们确定了所处的位置。我们在正确的航线附近，所以，只要每天能发现哪怕一艘船，科迪就能用高频无线电呼叫他们，询问我们所处的位置。

我们距离爱尔兰还有五百英里。运气好的话，一个星期之内，我们就可以到英国了。

哦，博比！

57

思念/苏菲

我在想博比。终于要见到博比了，我在害怕什么呢？

58

小小孩：推和拉／科迪

我睡着之后梦到了苏菲。在梦里，她用电码说话。我想记下来，想知道她在说什么。但我写下来之后发现那些词没有任何意义。她说话很大声，我写得也很快，可我仍然无法理解写在纸上的话是什么意思。

昨天，苏菲给我讲了另一个故事，但这一次不是关于博比的。

我曾经问过她，还记不记得她小时候的事情。她说："为什么人们总是问这个问题？"然后，我以为她要转身离开时，她却又给我讲起那个小小孩的故事。她是这样讲的：

有一个小小孩。这个小小孩不知道究竟发生了什么事。小小孩只是感到又冷又饿又怕，想找爸爸妈妈。

其他人告诉小小孩，爸爸妈妈已经去了天堂，那是一个美丽的地方，总是阳光明媚，温暖舒适，没有烦恼，没有困苦。小小孩很难过，不明白他们为什么不带自己一起去那个美丽的地方。

这个小小孩不论走到哪里，人们都要问小小孩，是否还记得已经去了那个美丽的地方的亲人，可是小小孩不想记着那些痛苦的事情。小小孩每天要应付的事情够多的了。小小孩儿只想待在这里，待在现在，只想看现在和未来的东西，看地平线那边的东西。小小孩不想回头看已经被抛在身后的东西。

可不管小小孩希望怎样，总感觉有某种东西在推着自己向前，同时又有某件事或某个人在把自己往回拉。

苏菲讲完后，我不知道该说什么。我只想到这样一句话："要是我们能有一些馅饼吃就好了，是吗？"

她说："是啊。"

她一直以来都很安静，仿佛在倾听只有她才能听到的某个人或某种东西的声音。有时，她站在离我非常近的地方，好像希望我能跟她说话。这让我感觉在做梦，因为我不知道她希望我对她说什么。

59

新的梦/苏菲

看得出来，摩舅舅现在努力想对科迪好一些。他不再吼他，也不叫他榆木脑袋了。科迪有点不知道如何应对这种变化。他盯着他爸看，像是在研究他。

科迪的脸现在看起来好多了。我们找到了一些药膏，能让他眼睛和鼻子上的伤口更好地愈合。等我们到了英格兰，科迪可以去找专门的医生检查一下。斯图舅舅说，布雷恩也该让医生检查一下胳膊，我的腿也需要检查。不过我觉得已经好多了，没那么疼了，只是膝盖周围还有一片瘀青。

斯图舅舅的变化很有意思。我们原本以为他会担心更多的事情，可他似乎更平静、更和蔼了。

斯图舅舅询问起我的腿的情况，他说："当父母的很奇怪。你觉得要对一切负责，要给孩子提供最好的保护，整天为他们担惊受怕。这么多顾虑让你有时很难把事情想清楚。可有一天你会突然意识到，很多东西是你控制不了的，于是，你就只能怀着期待了，期待着事情会朝好的方向发展。"

他看了一眼正在厨房里整理清单的布雷恩。"有时，"斯图舅舅继续说，"你得放手让孩子去做，并祈祷他们一切顺利。"

我明白他在说什么，但我不知道对孩子来说，这有没有道理。有时，现实状况让你无法控制；有时，你不得不放手任由事情发展，甚至对自己的父母也要放手。我还没想清楚，脑子就糊涂了，什么事情都理不清，甚至连我在哪里、为什么在那里都想不明白了。

现在，科迪和我又一起值班了。我们开始谈论前不久发生的事情。我不知道有没有人能理解那个巨浪对我俩的影响。其他人没有看到那个巨浪，也没有感受到它的第一波冲击力（除了多克舅舅以外）。那种力量就像钳子一样，而我俩则像核桃，一下子就被夹碎了。

我一直在想以前老做的那个梦。最怪异的是，梦里的浪同那个巨浪完全相同：高度相同，形状也相同。唯一不同的是，梦里的浪是黑色的，而那个巨浪是白色的。

在梦中，我总是在陆地上，通常是在海滩上玩。我记得有一次在梦里，我看见海浪从很远的地方卷过来，于是我开始堆放沙袋，想做个屏障。我总觉得，梦中的海浪其实是在暗示，我们会在海上遇到那个巨浪。

现在我又有了新的梦，梦境更糟糕。在这些梦里，我没在陆地上，而是在船上。海浪席卷过来，打在我身上，把我冲到很远很远的地方。当我醒来的时候，觉得自己好像还在遥远的海上漂浮。

我一直在把我想做的事情记下来。快，快，有很多事情要去做！我想学习织布——就像妈妈一样，造一个自己的织机，织出柔滑的布。我想乘坐热气球。我要高空跳伞。我要爬山；要徒步穿越阿巴拉契亚山的山路；要骑山地自行车走一千英里；要乘独木舟在大河上漂流，沿途宿营；要像大马南岛上的那个女人一样，在一个岛上建一座自己的小屋。

我想带上别人跟我一起去做这些事，比如博比、科迪和多克舅舅，还有我的父母，就连布雷恩和斯图舅舅我也欢迎。

也许等我们到了爱尔兰，驾驶帆船远航这件事还会进入我的清单。海豚今天又回来了，它们跳跃、翻滚，让我非常开心。它们像在发出邀请："来，苏菲，到海里来玩吧。"

科迪说，我们的体力在第一段航程中增加了——身体更强壮了，也储存了更多能量——所以当我们被巨浪袭击后，这些存储的能量就变成了保护罩，把我们包裹起来，救了我们。他的话听起来意味深长。这些天发生的所有事情都意味深长。

科迪又说："你知道吗？当那个巨浪打过来，水落在我头上，你知道我想到了什么吗？我想到了博比。"

"我也是！"我说，这事我都忘了，科迪一提我才想起来，"在那个巨浪里面，当我发现自己在水里的时候，我就想起博比在河里、在海里挣扎的情景。"

"我也是！是不是很奇怪？"科迪说，"你知道在水里的时候我对自己说了什么吗？我说：'喔——驾，喔——驾！'"

"我也是。真奇怪。"

"也许我们都疯了。"科迪说。

昨晚，科迪和我进行了一场关于生命的非常严肃的谈话。我们琢磨着，也许人永远不会死，而是一直活着，不断将生活过的平面抛在后面。当你濒临死亡的时候，你只是在一个平面上死了——所以对于跟你一起在这个平面上生活的人来说，你死了。但是你——那个你里面的你——并没有消失。相反，你死里逃生，像以前一样活着。我们琢磨着，也许每个人并不是单一的个体，而是有许多个体，生活在上百万个不同的平面上。就像一条线，不停地分叉、分叉，但它总有一条中间的主线。

想这么多让我头痛。只听科迪说道："在大海上，人在夜里总是会想一些奇怪的事。咱们别想了。咱们玩杂耍吧。"

于是，我们玩起杂耍来，用湿袜子玩。

60

疑 惑 / 科迪

老爸不再冲我大喊大叫了，还总是问我好不好。我想和他说说话，但我不知道该怎么说或者说些什么。

我不明白的是：一个人为什么注意不到时间的流逝。你觉得自己没有任何变化，可是你会突然想到，你今天所想的跟你昨天所想的完全不同。而今天的你跟昨天、上周或上个月的你也不同。这是为什么呢？

我觉得我有生以来好像一直在睡觉，我希望自己能像苏菲那样问些问题，我希望知道更多的东西。可即使我这样想，我也不知道怎么把自己变成爱问问题的人或懂得更多的人。

还有我老爸——我一生下来几乎每天都会看见他，可突然之间，他在我眼里变得像一个完全陌生的人。关于他的任何事情我都不知道。我不知道他在哪里出生，不知道他干什么工作，不知道他额头上的疤是怎么来的。

大家都在谈论到达爱尔兰的事，但我有种怪怪的感觉，好像我们不是真的要去那里，或者，我还没做好到达那里的心理准备。而且，如果我们真的到了博比那里，苏菲会怎么样呢？可能这是我不想到那里去的一个原因。我为苏菲担心。

我一直很疑惑，苏菲是怎么知道博比的故事的？那些真是博比的故事吗？如果真是，那博比只跟她讲了在水中挣扎的故事吗？如果博比只讲了这一类故事，那他为什么要这样做？

我又想起了那个苏菲讲过的，与水无关的博比的故事——博比的父亲临死时的故事。昨晚，我梦见博比跟我讲了这个故事。醒来后，我就去找老爸。他正躺在铺上，我戳了戳他，把他戳醒了。

"只是检查一下。"我说。

VI 陆 地

61

啊哈，啊哈 / 苏菲

凌晨时分，科迪、多克舅舅和我在值班。科迪突然喊道："啊哈！啊哈！"

我盯着眼前的一片黑暗看："什么？在哪里？"

"那里——看到那个黑乎乎的东西了吗？"

我们盯着科迪所说的"黑乎乎的东西"，最后发现那只是一团低垂的云。

半小时后，科迪又喊道："啊哈！"

"在哪里？"

"那里——灯光！"

"你是说那些移动的灯——船上的灯吗？"

"有一些亮光。"他说。

紧接着，在黎明的天空下，就在那里，一个黑影从蓝灰色的云层后面探出头来。

"啊哈——啊哈——啊哈！"科迪喊道，"啊哈，看到了吗？"

那是一座山。陆地，陆地啊！

"哦，大山啊，"科迪唱起来，"哦，我美丽的大山！"

陆地，陆地，陆地！哦，神圣的、神圣的陆地。哦，亲爱的、亲爱的陆地！

我们把其他人叫了起来。几个小时后，我们就沿着爱尔兰南部的海岸航行了。能够沿着陆地航行，比依靠指南针让人放心多了。哦，陆地！

多克舅舅的身体恢复得很好。他站在船舷旁，背诵起一首诗来。这首诗名叫《古舟子咏》①：

哦！这是否是梦境？
远处，莫非是灯塔的尖顶？
绿色的山峦，还有耸立的教堂？
我可是回到了我的故园？

我让他再重复一遍，因为我想把这段诗记下来。从我们站立的地方，真的能看到灯塔，也能看到教堂。

---

① 《古舟子咏》是英国浪漫主义诗人塞缪尔·泰勒·柯尔律治的经典作品，也译作《老水手行》。

于是，我们都跟着多克舅舅吟诵起这首诗来。我们刚刚念完，科迪补充道："啊，罗莎莉！"

多克舅舅问："你为什么说这个？"

科迪说："我不知道。只是觉得这句话挺应景的。"

我们沿着爱尔兰的西南海岸航行，现在已经接近了克罗斯黑文。天气非常好，阳光无比灿烂，照亮了爱尔兰的峭壁和一片片绿色的田野。我们经过古老的城堡和农场，看见奶牛在安静地吃草，还有小小的汽车嘟嘟嘟地驶过。我想给橡皮艇充上气，然后冲到岸上去。

可是在甲板下面，斯图舅舅和摩舅舅却吵起来了。只听见他们在下面大声叫喊，还传来了扔东西的声音。

62

陆 地／科迪

我们在陆地上！我们还活着，而且在陆地上！

当一开始看见陆地的时候，我还以为是幻觉。那是真正的陆地，上面有树木在生长，有车在开来开去。

接下来，我们却差一点进不了海港，因为老爸和斯图叔叔狠狠地干了一仗。事情的起因是斯图叔叔问，谁负责把远航者送去修一修，另外，在修理远航者期间，其余的人是不是应该先租辆车去找博比，而不是在原地干等着。

这些事还没争论出结果，他俩又开始争论谁该守在船上。斯图叔叔说，苏菲留下，她不应该去找博比！布雷恩也同意。这时，苏菲跑到甲板下面插话："我要去博比那里，一定要去。"

真是一片混乱。

我们试着给妈妈打电话，没人接。苏菲也给她的父母打电话，也没人接。斯图叔叔打电话给他的妻子，却只听到答录机的声音，他就留了个言，说我们到爱尔兰了。我简直不敢相信，竟然没有人在家！我以为他们都会在家等电话。多克伯伯说："嗯，他们没料到我们会在这时候靠岸——有可能是三天前，也可能是下周，或者……"我想他说得没错，可要是能听到某个熟悉的声音祝贺我们平安到达，那该多让人高兴啊！

　　苏菲有一点点恐慌。"他们在哪儿呢？"她一遍又一遍地问。

　　现在，我们摇摇晃晃地重新学习走路。老爸去租车了。我们准备从这里开车到英格兰，但还没决定谁去。

　　不管怎么说，我们已经在陆地上了！而且，我们还活着！

63

滔滔不绝/苏菲

　　本来，我打算一靠岸就不写日志了，可科迪还在写他的狗狗日志。他说，旅程还没有结束。

　　昨天下午，远航者一停靠下来，我们就跌跌撞撞地踏上陆地。那种感觉太奇怪了。我们看起来傻傻的，左摇右摆，好像大地在我们脚下晃动，让我们没办法站直。这是我第一次有晕船的感觉，而且是在陆地上！

　　我们走进一间酒吧，点了各种好吃的——满满一大盘子肉汤，里面浸泡着各种食物，另外还有新鲜的、鼓鼓的面包，以及新鲜的蔬菜和水果。吃饭的时候不用使劲抓住盘子，这种感觉多奇怪啊，而且大家能够同一时间吃吃喝喝，真奇妙。

　　我们像疯了一样嘟嘟囔囔地说个不停，只要有人愿意听，我们就不停地说。我偶尔环顾四周，发现我们在跟不同的陌生人说话，一股脑儿地要把我们的故事讲给别人听。

"你真应该看看那风暴……"

"我们的帆杠断了……"

"真是巨浪滔天……"

"雷达坏了，所有的东西都坏了……"

"我以为我们完蛋了……"

"我的脸都撞破了……"

"那风，大得你根本无法想象。那动静……"

"撞啊……"

"吹啊……"

"推啊……"

我们滔滔不绝地诉说着。陌生人冲我们点着头，同时也大讲自己的故事。

"大海真像魔鬼……"

"她真是个狡猾的家伙……"

"还有我的叔叔，他淹死了……"

"一九九二年，十七条船都没回来……"

"看见这条腿了吗？这不是真的。真的那条腿交给大海了……"

一连好几个小时，我们就这样倾泻着满肚子的话。我偶尔也在想，这些陌生人是不是真的关心我们在说些什么。如果他们真的关心，为什么我们要这么迫切地把我们的故事告诉他们呢？为什么他们也急着讲出自己的故事呢？

在滔滔不绝的互相倾诉中，我感觉科迪一直在看着我，听我说话，好像我说的事情很奇怪。我想听清楚自己到底在说什么，但我太急于讲话，并且还想听别人说话，所以无法集中精力去听自己的声音。

等窗外的光线渐渐暗下来的时候，我们和这些人就像老朋友一样了。他们告诉我们晚上到哪儿能找到客房，还跟着我们来到远航者旁边，看着多克舅舅所说的"宝贝"的狼狈样子，直摇头。他们帮我们把又湿又沉的衣服沿着山坡拖上去，然后跟我们告别，祝愿我们在爱尔兰的土地上度过一个平和、宁静的夜晚。

我做了很多奇怪的梦，梦里有许多人来来往往。有多克舅舅的朋友（住在布洛克岛的乔伊），有大马南岛弗兰克一家人，那位女士和她的狗，有多克舅舅喜欢的罗莎莉，还有在爱尔兰遇到的陌生人。此外，科迪、多克舅舅、斯图舅舅以及布雷恩也在我眼前晃悠。还有我自己。另外还有一些人——他们看着眼熟，似乎认识我，可还没等我认出是谁，就消失在了人群中。

64

新的身体 /科迪

天还没亮，但我已经睡不着了。所有气味和感觉都变了。没有摇晃、翻滚，也没有风。我们住在爱尔兰一座小山顶上的一个旅馆里，从窗口可以看到海港，还能隐约分辨出停泊在那里的远航者。

昨天简直太奇特了。我感觉我有了一个新的身体，这个新的身体不知道如何行动。它走起来很搞笑，不停地撞到东西，而且总是碰到奇怪的东西：地板、枕头，还有干爽的毛巾。

昨晚我们都超级兴奋，说起话来滔滔不绝，好像我们才学会发声一样。我从来没有听见苏菲说过这么多话。起初，我光顾自己说，没注意听别人在说什么。后来我听到布雷恩说："被巨浪击中的时候我正在睡觉，我想我要完蛋啦！我从没这么害怕过！我觉得自己像肉市上一只待宰的雏鸡。"他的手拍着桌子，还不断抓住自己的喉咙。真想不到他竟然能把那么可怕的事情讲得那么有趣，这真让我感到惊讶。

接着，我就听到苏菲在跟别人说话。"是啊，他们都是我的表哥，"她指着我和布雷恩，"我们小时候就开始计划这次航行了。"

我想纠正她，但马上意识到她是把我爸、斯图叔叔和多克伯伯的事同自己的事搅和到一起了。

"布雷恩认为这个计划不会实现，"她说，"但我一直相信，我们会做到的。"

然后她开始讲那个巨浪，讲它怎样在船后面升起来："它特别黑，有这么高……"

那个巨浪是白色的。

65

撕 扯 / 苏菲

　　我们坐在开往博比家的汽车里。车里有我、科迪、布雷恩、摩舅舅、斯图舅舅，还有多克舅舅。多克舅舅找了几个人负责修理远航者，我们则开车去找博比。这是经过一番激烈争吵后的结果。现在每个人都很敏感，容易发火，也不想说话。对于不能驾驶远航者沿着爱尔兰海岸航行，多克舅舅很失望，因为他想看望一个朋友，那个朋友住在海边的一个小镇上。最后，他迫使两位舅舅同意开车走那条路，并且在那里逗留一下。

　　"但不能在那里常住！"斯图舅舅说。

　　"我们不能在那里待一个星期或者更久。"摩舅舅说道。

　　昨晚，旅馆的电话打不出去，所以我们还没跟家里的人通上话。这让我很紧张。家里的人都在哪儿呢？我盼着能在多克舅舅朋友的家里打通电话。

我们像沙丁鱼一样挤在车里，想写日志很难，因为布雷恩老是越过我的肩膀想看我在写什么。开车的是斯图舅舅，要是我们能活着到达目的地，那真是万幸：我们在狭窄的道路上缓慢前进，可他老是忘了应当靠左行驶，好几次差一点撞上绵羊和农夫。

周围的景色美极了：绿油油的大地，面朝大海的悬崖峭壁。几天前我们真的在那片海上被抛来颠去的吗？我真希望大家的心情不要这么糟糕，不然我们就可以在一些小镇停留一下。但看起来，几个舅舅是下定决心不理睬对方了。他们的目的地，首先是多克舅舅朋友的家，在那里稍稍停一下，然后就去找博比。

我又有了那种被撕扯的感觉：我渴望见到博比，同时又害怕见到博比。

66

访 客 / 苏菲

奇迹的奇迹的奇迹!

我们挤进了一条狭窄的车道,这里是爱尔兰海边的一个小村庄。我们在一座小小的农舍外面停了下来。多克舅舅刚走到门口,门就打开了。他踉踉跄跄地后退了两步,双手捂在胸口。

我们像一群呆子一样把头伸出车窗,想看得更清楚一些。多克舅舅使劲拥抱着一个穿黄裙子的女人,只听他说:"哦!罗莎莉!"

"罗莎莉?"我们都脱口而出,"罗莎莉?"

等我们急急忙忙地挤下车,多克舅舅已经放开了罗莎莉,这下子我们可以好好看看她了。她有着我见过的最甜美的脸庞,眼睛非常大,绽放着最灿烂的笑容——不过,也许多克舅舅此时的微笑才是最灿烂的。

67

电 话 / 科迪

我们原本就很奇怪的生活现在变得越来越离奇和怪异了。昨天，多克伯伯收获了这辈子最大的惊喜，他遇到了罗莎莉，就在他的（也是她的）爱尔兰朋友的家里。我觉得我们恐怕永远也没办法把他们两个分开了。

多克伯伯的朋友让我们用他家的电话，于是我们都往家里打了电话。电话两端、大洋两岸的人都在欢呼雀跃，又叫又笑，最后我们兴奋得累极了，全倒在地上。

苏菲一直在说："真是不敢相信。没想到我还能听到他们的声音。我不是在做梦吧，不是吧？我打通了电话，他们就在那里，对不对？"

那天唯一不太好的消息是，苏菲的妈妈说博比最近不大好，还说，如果我们第二天没给她打电话，她就要坐飞机来看看了。

于是我们忙成一团，赶着去看博比。多克伯伯不想离开罗莎莉，我们只好强拉着他出了门。而他最终愿意撇下罗莎莉离开，只是因为罗莎莉答应过几天就到博比那里去找他。

大家全都上了车，每个人都在喊："罗莎莉！哦，罗莎莉！"多克伯伯脸红了，不过他很高兴，根本不介意我们取笑他。

现在，我们在一艘渡轮上，船冒着烟穿越爱尔兰海前往威尔士。我一直在找船帆的影子，总觉得应该做点什么。我敢说，大伙儿现在都不想回到船上。

"难道没有桥吗？"老爸一直在问，"你肯定这里没有桥通到威尔士吗？"

"榆木脑袋。"斯图叔叔说。

"少惹我。"老爸警告道。

布雷恩一直在骚扰苏菲。他说："那么，你觉得博比会认出我们吗？"

"他当然会认出我们。"苏菲说。

"我们所有人？"

"当然。"苏菲说。

不过，布雷恩现在骚扰苏菲的方式与以往不同。他不那么刻薄了，更像是努力地要弄清楚她的身世，同时也在担心她。他喜欢真相和事实，喜欢列清单。我觉得，他见到苏菲这样的人，看待世界的方式跟自己完全不同，这让他很困惑。布雷恩不断地问我苏菲是怎么回事，到了博比那里会发生什么。我告诉他，我不会读心术，也不是算命先生。

68

威尔士/苏菲

　　我们开着车在威尔士的大地上飞快地穿行。这里的乡村绿意盎然，让人忍不住想驻足欣赏，可我很难适应汽车以及它的噪声和速度。我希望我们能多停一停。我渴望透过窗户看看那些房子里面的情景，渴望听到人们谈话。他们每天在做什么？谁住在那些房子里？

　　但是，我们要急着赶到博比家，因为他的身体不太好，大家很担心，我也怕得很。我原本只是害怕见到博比，担心见面后不知道该怎么办。现在，我更担心的是，我们到达的时候他是不是还活着；要是他不在了，那就更糟了。

　　我们在一个黑乎乎的、安静的村庄停下来，住在一个小旅馆里，我正要到楼下去听大家说话。

69

小女孩／科迪

我们开车全速穿越威尔士。哎呀，苏菲真爱威尔士呀！她不停地说："难道你不喜欢住在这里吗？如果住在这个村子里，我们会在哪里上学？我们早餐吃什么？你觉得谁会住在这个小房子里呢？"

但昨晚的事情是最奇怪的。我们住在一家小旅馆里，在等苏菲下楼吃饭的时候，布雷恩又缠着多克伯伯问苏菲的亲生父母出了什么事。

"我们有权知道。"布雷恩坚持说。

"我不知道这些事。"多克伯伯说。

"出什么事了？"斯图叔叔说，"谁都没跟我说起过。"

布雷恩说："关于她父母的事，她为什么老是撒谎呢？那两个人并不是她的亲生父母。关于博比，她又为什么说谎？我要当面问问她为什么说谎。"

"苏菲没有说谎。"多克伯伯说。

"说了。"布雷恩说。

多克伯伯说："哎，我来说吧。我给你们讲个故事。"

"我不想听故事，"布雷恩说，"我想知道真相。"

"你只要好好听着就行了。"多克伯伯说，"从前，有一个孩子和她的父母住在海边。这是一个很幸福的小家庭，父母非常爱那个女孩。但是，后来出事了。孩子的父母……爸爸妈妈都死了，然后……"

我的头就像被一大把烟花炸了一下。"等一下！"我说，"所以后来，人们对这个小女孩说，她的父母去了天堂。"

"嗯，我也不是很了解……"多克伯伯说。

我继续说下去："大家都对她说天堂是一个非常美丽的地方，没有烦恼，没有痛苦。可这让小女孩感觉很糟糕，因为她觉得父母去了那么美丽的地方，却把她留下了。"

"嗯，我不知道到底是怎么回事，"多克伯伯说，"我只知道，小女孩后来就去……"

"等一下，"我说，"去了她爷爷家？她是不是跟她的爷爷住在一起？"

"没错，"多克伯伯说，"可没过多久，她爷爷就去世了。然后她就去了姑姑家，可是她的姑姑……"

"她的姑姑并不想要这个小女孩，对不对？"我说，"于是她被人收养了，换了一家又一家。可能没有人想要她。她在很多地方住过，对不对？"

"没错。"多克伯伯说。

"到底怎么回事？"布雷恩问，"科迪，你是怎么知道这些事情的？"

"可为什么没有人告诉我这些？"斯图叔叔问。

"于是，"我说，"最后终于有人真正想要这个小女孩了，对不对？"

"没错。"多克伯伯说。

"这一次，"我说得越来越快，"这一次，她特别特别想留下来。她努力让自己相信这是她真正的家，这家人是她唯一的亲人。这家人选择了她，而且他们很喜欢她，没有她，他们就活不下去。"

我说到这儿的时候，苏菲刚好走进房间，大家都盯着她。布雷恩用手捧起头，说："哦！哦！"

斯图叔叔说："哦，老天。从来没有人跟我说起过这些事！"

然后我们开始吃晚饭。

我几乎吃不下去，因为我老在看苏菲，这个全新的苏菲。别人也都在看着她。最后，她放下刀叉，说："你们为什么都盯着我呢？难道我是个幽灵？"

多克伯伯说："苏菲，你今晚确实有点特别。没事。"

我看到苏菲低下了头，一颗孤独的眼泪顺着她的脸颊滴落到面前的盘子上。

我们刚刚过了塞文河（上面有一座桥！不用坐渡轮！），现在我们已经在英格兰境内了。进入英格兰的时候，多克伯伯和老爸都哭了。苏菲问他们怎么了，多克伯伯说："英格兰！英格兰！"这算什么回答。

苏菲说："英格兰怎么啦？"

老爸说："我们的父亲在这里出生的呀。"

苏菲说："我知道啊。"

"那你们为什么因为这个哭呢？"布雷恩问。

"我们的父亲，博比，在这里出生。"老爸看着斯图叔叔，"你知道我的意思吗？博比就生在这里。"

斯图叔叔在开车，他说："我要集中注意力开车，现在我们去哪儿？地图在谁那儿？"

老爸扭头看着多克伯伯："多克，你来解释。这有点儿煽情。"

"好吧，"多克说，"我知道你的意思。我们的亲生父亲在这个国家出生，就好像我们的一部分也属于这里——我们的根在这里。"

然后，他们都变得非常安静，看着外面的田野默不作声。

　　"你们想想，"苏菲说，"如果博比和他的父母没有去美国，你们就会在英格兰长大，你们就不会是美国人，这里就会是你们的家。"

　　老爸点了点头："我们就是这么想的。"

　　布雷恩说："嗯，如果博比在这里长大，也许他就不会娶现在的妻子，那么你们都不会出生。或者，就算你们真的出生了，也会在这里长大，不会娶现在娶的那个人，这样，就不会有我，也不会有科迪。"

　　苏菲低声说："那会有我吗？"

　　每个人都扭头看看她，然后又转过头去看四周的田野。布雷恩冷静地说："这可真是一个世纪之谜啊。"

　　苏菲把头靠在车窗上，闭上眼睛。我想她睡着了。

　　布雷恩低声对我说："可是，博比的故事又是怎么回事？她是怎么知道的？是她编出来的吗？"

　　"我不知道。"我回答。接着我想起了苏菲那些我不知道的事情。我想知道她的父母是怎么去世的。他们是不是得了可怕的疾病？是同时去世的，还是先后去世的？苏菲是怎么想的？她心里的感受又是怎样的？

　　我不知道苏菲会做什么样的梦。

　　我们今晚就要到博比家了。

70

城 堡/苏菲

我们一路穿越英格兰，经过了布里斯托尔、斯温顿和雷丁。此刻，我们正坐在温莎城堡外面的长凳上。这是一个巨大的、灰色的石头城堡，巍峨高耸。说不定女王正在里面喝茶呢。马路对面是麦当劳。我们吃着三明治，就在温莎城堡外面。

因为心中充满了期待，空气显得温暖而凝重。我们离博比更近了，也许只有半小时的路程了。

我想我们要出发了。马上。

71

小 屋／科迪

今早醒来，我以为我降落在另一颗星球上，进入了另一个人的身体。一个原因是我昨晚睡在地板上，另一个原因是昨晚到博比家以后，新的环境给我留下深刻的印象。

我们没太费劲就找到了索普村，可这里的房子都没有门牌号，摸黑寻找博比的房子确实有点儿困难。这些房子都有自己的名字，比如格林那可、黄色小屋、绿色小屋、老邮局，等等。

博比的房子名叫"胡桃树小屋"，所以我们花了很多时间去看房前的树。本以为只要找到胡桃树就好办了，可后来却发现，博比的房子前面已经没有胡桃树了。最后，我们不得不在一座房子前面停下车，由我去敲门问路。一个女人出来说："亲爱的，对面那所房子就是你们要找的。"她指了指街对面的一所白色小屋。

博比的房子里，所有的灯都开着。我们敲了敲门，开门的是一名护士。多克伯伯向她说明了我们是谁，然后我们都挤了进去。多克伯伯问道："他在哪儿？"

护士领我们穿过一个房间，接着又是一个。这里的天花板非常低，都快碰到我的头了。我们又从一个房间出来，经过一个很窄的走廊，最后走进了博比的卧室。

博比就在那里，他躺在床上，双眼紧闭。我当时确信，我们的运气已经用光了，他已经死了。

72

博比/苏菲

哦, 博比!

我明白了他为什么想回家, 回到他的家乡英格兰。这里真的太美了。房子的外墙上爬满了玫瑰, 门外的小路两边长满了薰衣草。房子里面是小小的房间、小小的窗户, 还有小小的壁炉。

我真希望独自一人来看他, 可现在是一大群人一起挤进他的房间。

"他死了吗?"科迪问道。

"嘘,"护士说,"不, 他没死, 但他有点糊涂。不要让他受惊吓。"

他看上去跟我想象的不一样, 但我又想, 或许是因为他的眼睛和嘴巴都紧闭着。我看到的是一张温柔的、圆圆的脸, 脸色苍白, 头顶有几缕花白的头发。他看上去像多克舅舅老了以后的样子。

多克舅舅拉起博比的手，轻轻地抚摸着。"博比，"他低声呼唤着，"博比。"

博比睁开眼睛，眨了眨，盯着眼前的人。"彼得？"他问多克舅舅。

"彼得？"多克舅舅说，"谁是彼得？我是多克乔纳。"

"乔纳走了，"博比说，"他野营去了。"

多克舅舅咬着嘴唇。

"博比？"摩舅舅开口了。

博比使劲看了看摩舅舅。"你是谁？"他问。

"是我呀，摩西。"

"摩西走了，"博比说，"他野营去了。"

斯图舅舅说："博比，你认识我吗？我是斯图尔特。"

博比又眨了眨眼睛。"斯图尔特走了，"他说，"他野营去了。"

这时，科迪凑上前去，博比看见了他，说："哦！摩西来啦。你野营回来了吗？"

科迪说："是的。我野营回来了。"

接着，布雷恩走上前去，博比说："这是斯图尔特！你从营地回来了，是吗？"

布雷恩说："是的。"

然后我走上前，来到博比旁边，说："博比，你知道我是谁吗？"

他使劲盯着我，说："你是玛格丽特吗？"

我说："不是。"

"克莱尔？"

"不是。"

布雷恩说："苏菲，别说了。他不认识你。"

这时，博比说："苏菲！你是苏菲？"

我说："是我。"

73

一个故事／科迪

我们到博比家有一个多星期了。现在回想起我们的第一次海上之旅，仿佛是上辈子的事。

我们在这里的第一天，博比大部分时间都在睡觉，认不出我们。第二天，苏菲开始对博比讲他自己的故事。她说："记得吗，博比，你年轻的时候，住在肯塔基州的农场，你的家人用两头骡子换了一辆汽车。你记得吗，博比？"

他睁大眼睛，点了点头。

"你记得吗，博比，你怎么去城里，取了车要开回家？回家的路上……"

对苏菲说的每一个细节，博比都点点头，说："对，没错，那就是我。"

"然后在水里，你挣扎呀，挣扎呀。"

"我吗？"博比问。

"那么多的水，你在下面……"

"这个我记不大清楚了。"博比说。

那天下午，苏菲又给他讲了另一个故事："记得吗，博比？你年轻的时候住在肯塔基，在俄亥俄河附近。有一天，你走过那座铁路桥……"

"铁路桥，是的，是的。"博比说。

"你记得那天风很大，雨也很大。"

"对，对。"

"火车开来了，你不得不放手，掉进了水里……"

"不错，不错，是我。"

"河里的漩涡把你冲过来又冲过去，你拼命地露出头来呼吸，还……"

"这个我记不大清楚了。"博比说。

她把给我们讲过的所有故事又讲给博比听。她讲的时候，我们在房间里进进出出的，但每个人都非常安静地听着。除了在水中挣扎的部分以外，几乎她说的所有事情博比都记得。

有一次，只有我和苏菲在屋里陪着博比，她讲了一个我以前没听过的故事。故事是这样的：

"博比，你记得很小的时候——当你还是一个孩子的时候，你和你的爸爸妈妈去航行吗？"

"我去了吗？"他说。

"到大海上去，到宽阔的、蓝色的大海上去。你们在海上前进、前进，可后来天空变得非常暗，风开始号叫，你记得吗？"

他看着她，眨了眨眼，没说话。

"那风，你还记得吗？它在号叫、号叫、号叫，船颠簸着，天气变得很冷。你的妈妈用毯子裹住你，把你放在一艘小艇上，你记得吗？"

博比盯着她，仍然没说话。苏菲继续问："你记得吗？还记得吗？还有风，寒冷的水，一面巨大的黑色的水墙从你的头上砸下来，然后你漂啊，漂啊，漂……而你的爸爸妈妈，你的爸爸妈妈……"

她看着我，眼里带着恳求的神情。突然之间，我全明白了。我坐在床的另一侧。"爸爸妈妈没能躲过风暴。"我说。

苏菲叹了口气。"爸爸妈妈没能躲过风暴，"她重复了一遍，继续说，"然后你就独自一人，博比，在那里漂啊，漂啊……"

博比说："可是我……"

我隔着床把手伸过去，拉着苏菲的手。"苏菲，"我说，"也许这不是博比的故事，而是你的故事。"

博比低声说："苏菲，他说得对。这是你的故事，

— 237 —

亲爱的。"

苏菲看看我，又看看博比。坐在博比旁边的她，看上去非常恐惧、非常弱小。然后，她把头贴在博比的胸口哭了起来，哭啊，哭啊，哭啊。

我让他俩单独待一会儿，自己来到后院，躺在苹果树下的草地上。

大约一个钟头后，苏菲走出来，递给我一个蓝布包着的日记本。

"我想让你读读这个，"她低声说，"他也是你的博比。"然后她走出院门，走到村里的小路上去了。

日记本里夹着手写的信，一共有二三十封。日期显示，这些信是过去三年里写的。信上都写着"给我的苏菲"，末尾都签着"你的博比"。

第一封信是欢迎苏菲来到这个家。他告诉她，他可以做她的爷爷，他是她的博比。他说，以后每封信里都要讲一个自己的成长故事，让她更好地了解他。

信里除了苏菲已经告诉我们的故事外，还有很多其他的故事——有学校里的，有捕鱼的，还有他祖父的故事。他在信里还讲了他吻过的第一个女孩，讲了他第一次见到妻子玛格丽特的情景。

读到博比把汽车开到小河里、从铁轨上跳进河里、受洗、在水潭里游泳，以及去看大海的故事时，我感觉很奇怪。苏菲给我们讲的与博比在信里说的基本相同，唯一不同的是在水里挣扎的部分。他确实掉到水里去了，但信里没有提到挣扎。

那些都是苏菲自己想象的。读完信后，我就踏上村里的小路，到处寻找苏菲。

74

苹果/苏菲

博比的院子非常漂亮，长满了玫瑰、薰衣草、飞燕草、矮牵牛和三色堇。后院还有一棵苹果树，挂满了快要成熟的苹果。我们到这里的第三天，摩舅舅到外面摘了一些成熟的苹果。当天晚些时候，他走进博比的卧室，说："博比，看我给你带来了什么。"

博比坐起来，说："苹果馅饼！"他笑了，接着就哭了，然后又笑了。摩舅舅也笑了哭、哭了笑的。每个来到房间的人，看见苹果馅饼都又哭又笑的。

"你知道怎么做吗？"斯图舅舅问。

"我找到了奶奶的食谱，按照配方做的。"摩舅舅感到非常自豪，"我可不是榆木脑袋！"

这天下午，科迪和我一起坐在屋里看着博比睡觉。博比呼吸了一下，又短又快，接着又是一下，然后停顿很长时间，又开始急促地呼吸。最后他安静下来。

科迪和我相互盯着对方。这时，博比嘟哝了几句，呼吸又急促起来。

"你跟我想的一样吗？"科迪问，"你是不是在想，喔——驾，加油，博比？"

"对，我是这么想的。"我说。

本来，在这种情况下，当博比这么虚弱地躺在床上时，每个人都应该特别和蔼、安静和体贴，可是摩舅舅和斯图舅舅却吵起来了。他们为该不该带博比回美国而大吵。

"他怎么能留在这里呢？"斯图舅舅说，"他不能照顾自己，谁来照顾他？要我说，他应该回美国。"

"我说他应该留在这里。"摩舅舅说，"另外，如果他回美国，那他住在哪里？你接他去住吗？"

斯图舅舅有点语无伦次了："我？我们没有地方，我们没准备好。你干吗不接他去住呢？"

多克舅舅插话："也许你们应该问问博比自己是怎么想的。"

于是他们问博比的意见。博比说："我已经回家了！我就住在这里，不走了！"多克舅舅说，博比已经做出了自己的选择。他已经回家了，这是一个美丽的地方，我们应该让他留在他的英格兰，与这里的玫瑰和薰衣草为伴。

"那么，谁来照顾他呢？"斯图舅舅问。

"我可以，"我说，"整个夏天都可以。不行吗？"

"你太小了。"斯图舅舅说道，然后把手臂抱在胸口，布雷恩偶尔也有这样的姿势，"你知道吗？我不想考虑这件事了。你们来考虑吧。我要去打个盹儿。"

大约这个时候，罗莎莉到了。大家都围着多克舅舅和罗莎莉看。他们大概被我们盯着看烦了，很快就说要出去散散步。

布雷恩在厨房里抄写苹果馅饼的配方。"海上航行的时候，我一直想着这个馅饼，"他说，"我也要学会做。"

"嘿，"科迪说，"快看那边。"

后院里，摩舅舅正拿着苹果玩杂耍。他一直在玩，我们出去看时，他也没停下来。"看我的，"他说，"我可以同时玩四个！这真酷，杂要这玩意儿。你觉得呢？马鲛鱼—奥斯卡—十一月（科迪）？"

"很酷，德尔塔—阿尔法—德尔塔（爸爸），"科迪说，"很酷。"

于是，其他人也开始摘苹果，然后站到博比的窗口外面。在房间里，他被人扶起来，靠在枕头上。我们都玩起了杂耍，纷飞的苹果不停地砸到别人头上。多克舅舅散步回来的时候，我们还在玩。

75

啊，罗莎莉/科迪

女人哪！

罗莎莉不见了。

多克伯伯散步后独自回来了，面色凝重。我们不停地逼问他，想知道罗莎莉在哪里。

"走了。"他说。

"走了？"苏菲说，"她不可能走，她刚到这里来。"

"走了，"多克伯伯重复道，"走了，走了，走了。"

然后大家提了一连串的问题：她去哪里了？为什么走？会不会回来？

多克伯伯说："她有一些计划，不能改变的计划。她明天要去西班牙。"

苏菲说："去找她！"布雷恩说："拦住她！"

多克伯伯耸耸肩，说："这个罗莎莉呀，她有自己的主意。"

布雷恩和苏菲不停地说"去找她"，然后，我不知道这句话是从哪里冒出来的，可我脱口而出："你为什么不让她嫁给你呢？"

"我问了。"多克伯伯说。

"好样的，多克。"摩叔叔说。

我说："那她怎么说？她为什么要走？"

"我说过了，她有一些别的计划。"

"那她对于结婚的事情怎么说？"我问。

多克伯伯站在那里，一只手不停地抛接着一个孤零零的青苹果："她说还为时过早。"

"过早？"苏菲说，"你等了她一辈子，你一直渴望着……"

"大家说说看，"多克伯伯说，"在这里一个人就不能有点儿自己的秘密吗？"

接下来有人说，也许罗莎莉会改变主意，也许她完成她的计划以后会回来。苏菲说："如果你们两人结婚了，你不会让她做所有的家务吧，是不是？"

斯图叔叔插话："好吧，这件事到此为止。照顾博比的事，我们该怎么办呢？"

"我可能已经把这个问题解决了。"多克伯伯说。

"怎么解决的？"斯图叔叔问。

"我留在这里，"多克伯伯说，"我留在英格兰照顾他。"

其他人似乎都松了一口气，好像觉得这是一个很好的解决办法。不过后来，当布雷恩、苏菲和我收拾东西的时候，布雷恩说："我觉得有点太惨了。多克伯伯刚刚找到罗莎莉，马上又失去了她。现在，他还要放弃一切，留在这儿照顾一个老人。"

我告诉他，博比不是一个普通的老人，他是多克伯伯的父亲。

于是苏菲就想，也许罗莎莉有一天会回心转意，也许博比的病情会好转。我说，也许我们可以再来英格兰看他们，比如在夏天。苏菲说："也许我们可以一起驾驶远航者再来一次远航。"

"酷毙了，"我说，"我们大家一起再航行一次，这次我们会走得很远很远。"

"不要太远，"布雷恩说，"也不要太快就出发。"

苏菲说，如果到那时罗莎莉还没回来，我们就都去找罗莎莉。哦，罗莎莉！

76

礼 物／苏菲

昨天晚上，大家都围坐在博比身旁，向他讲述我们驾驶远航者的经历。他似乎每个字都听进去了。我们讲完后，博比说："你们都应该吃馅饼。馅饼在哪里？多来一些馅饼！"

摩舅舅说："等等，我有。"

我们以为他会去拿馅饼，可他拿进来的却是一堆扁扁的、被包着的东西。他把其中一个举到头顶说："这个是博比的。"

博比撕开包装纸，只见里面是摩舅舅画的一幅画，是博比坐在床上吃馅饼的素描。

"馅饼！"博比说，"哈哈哈！馅饼！"

在素描的下方，摩舅舅写着："尤利西斯吃馅饼。"

"尤利西斯，"博比说，"哈哈哈！就是我！"

摩舅舅又递给斯图舅舅、布雷恩和多克舅舅一人一个纸盒。斯图舅舅的画上面是他和布雷恩在使用六分仪的情景。布雷恩的那张画是他在厨房里写清单。多克舅舅的画是一幅水彩画，画着他的"宝贝"——远航者，"多克船长"站在船头。

　　我们看着这些画，不断发出啊啊哦哦的赞叹声。

　　"噢，这个是给科迪的。"摩舅舅说。

　　科迪撕开包装纸，里面是他在玩杂耍的素描。他站在远航者上，船倾斜得很厉害，但他完美地保持着平衡。他手里抛的不是成包的小脆饼或者袜子，而是人。我们每个人都成了小不点儿，在空中飞着，科迪在抛我们。

　　"天哪！"科迪说，"这太了不起了！"

　　"你有没有注意到上面的绳结？"摩舅舅说。

　　我们仔细一看，结果发现科迪的头发都绑成了尾结和酒瓶结。

　　"这是我长这么大看到的最漂亮的画。"科迪说。

　　我觉得摩舅舅听了这种称赞很高兴。

　　然后，科迪说了一声"等等"就冲出了房间，等他回来的时候，他递给摩舅舅一张纸，那是从他的狗狗日志上撕下来的。"给你的，"他说，"稍后我会把纸边裁整齐的。"

　　"给我的吗？"摩舅舅问。

这张纸上画的是摩舅舅。在远航者的甲板上，他躺在一张躺椅上，腿上放着他的速写本。在画的下面，科迪写着"艺术家摩西"。

"摩西，"摩舅舅说，"就是我！"

博比说："嗨！那另外两件东西呢？是给谁的？"

摩舅舅说："哦，对了。最后两件，是要给我们家族中的新成员，可是……"说到这里，他停下来看了看多克舅舅，"这幅本来是要给罗莎莉的，我想应该由你来打开。"

多克舅舅慢慢打开纸盒，里面是一张画着三头鲸鱼的画：鲸鱼妈妈、鲸鱼宝宝和鲸鱼爸爸，同我们在海上看到的那一家鲸鱼一样。

"哦，"多克舅舅低声说道，"哦，罗莎莉。"

博比说："罗莎莉？你们都在谈论的这个罗莎莉是谁？我认识罗莎莉吗？"

科迪说："她是多克伯伯认识的一个非常好的女人。她暂时离开了。"

"赶快派搜索队！"博比说。

我们都扭头去看多克舅舅。"我明白你们的意思。"他说，"最后这个纸盒呢？"

摩舅舅说："这是给苏菲的。"

我的手指在颤抖。礼物？给我的？我兴奋得几乎无法撕开包装纸。

在画上，我坐在水手长的椅子里，在空中高高地荡起来，飞翔在海浪之上。海水很蓝，天空也很蓝。在我身体下面，在蓝色的海水中，有一对海豚跃出了水面。

在画的下方，摩舅舅写的是："喔——驾，苏菲！"

77

记 忆/科迪

　　跟多克伯伯和博比说再见真不是一件容易的事。不过最后，我们还是跟他们说了再见，乘飞机越过了辽阔的海洋。想想我们竟然一路劈风斩浪穿越这片汪洋大海，真让人感到震惊。

　　我到家了，苏菲要在我家逗留一个星期。昨天，我们去海边，沿着海滩走了走。我们凝望着海水，一直在谈论我们的这次航行。我们回忆起第一次看到远航者的情景，以及修理时的一些事；回忆起去布洛克岛、玛莎葡萄园岛和大马南岛的航程，还有前往爱尔兰那一段恐怖而遥远的航行。

　　我说："你记得吗，你说你小的时候跟博比在布洛克岛上挖蛤蜊？"

　　"是啊。"她说。

"你要是不愿意记住这些也没关系。但我在想，也许这个博比是另一个人，是你的第一个博比。"

她立即停下了脚步："我的第一个博比？"

"是啊，也许是你的第一个博比带你去挖蛤蜊的，也许那时你还与你的父母——你最早的父母在一起。"

"我最早的父母？"

"那听起来像是一段美好的时光，"我说，"那是一件值得记住的好事情，是不是？你跟我说的那个小小孩——那个小小孩肯定愿意记住那些事情，对不对？"

"那个小小孩现在长大了。"她说。

我一直在想那个小小孩。我想有一天，那个小小孩会很幸运地找到一个地方住下来。在那里，就算她不记得所有的事情也没关系；并且，正因为不记得也没关系，所以，她开始记起来一些事情。痛苦的回忆里也有美好的部分，也许她会找回一些自己失去的东西。

斯图叔叔打来电话，说他在一家绘制海底地图的公司找到了工作。"你应该来看看他们的设备！"他说，"看看海底下都有什么。真的很酷。"

刚开始，苏菲完全被迷住了，她问了无数问题，问他们用什么样的设备，那些设备能找到什么样的东西。

可后来她又说，她并不确定自己是否真的想知道海底有什么。

老爸报了一个晚间艺术班。"这是不是说，你终于可以做你想做的事情了？"苏菲问。

老爸说："嗯，白天，我还是要算那些数字，可是在晚上——在晚上我是艺术家摩西。"

多克伯伯打来电话说，远航者修好了，他觉得下个月博比的身体可能会好一些，到那时，他也许可以同博比一起去短距离航行一下。

苏菲说："小心，别让他从船上掉下去，别让他掉到水里去。"

我说："也许你可以开到西班牙去。"

多克伯伯说："是的，你永远不知道我们最后会停靠在哪里。"

第二个星期，"马鲛鱼—奥斯卡—爸爸—旅馆—印度—回声"（苏菲）、"亡命徒—罗密欧—印度—阿尔法—十一月"（布雷恩）和我，要到苏菲家去，跟她一起看俄亥俄河。苏菲说，历经过海上航行后，在河里乘坐木筏会感到非常平静。布雷恩一直忙着列清单，写上我们造木筏要用的东西。我们决定把木筏涂成蓝色，并取名为"蓝色波普远航者"。

"我们会看见博比跳下去的那座桥。"我说。

"还会看见博比在河里开车翻了的那个地方。"布雷恩说。

"还有博比受洗时咬了牧师的地方。"苏菲说。

我想我的狗狗日志到这里就该结束了：

亡命徒—美国佬—回声—亡命徒—美国佬—回声（拜拜）。

78

家 / 苏菲

我回家了，回家真好。科迪和布雷恩也要来这里住几个星期。

看得出来，我能完好无缺地回家让我现在的父母感到非常欣慰。晚上，他们不断地到我房间来，坐在床边看我。我一睁开眼，他们就会问："你没事吧？需要什么吗？"我回答："我很好。"

回家的第一天晚上，爸爸烤了鸡和玉米，都是我爱吃的。

科迪说："好吃，无比美味的鸡！"

布雷恩说："好吃，无比美味的玉米！"

甜点是很棒的大块巧克力软糖圣代冰激凌。布雷恩说："我们向他们展示一下如何做苹果馅饼吧。"

昨天，科迪、布雷恩和我站在俄亥俄河边，看着河水卷着树枝和落叶，从铁路桥下面流过，向前，向前，最后消失在河流的拐弯处。

"你想过河弯那里有什么吗？"科迪问。

"苏菲，你去过那里吗？"布雷恩问。

"没，"我说，"还没。"

"哎，"科迪说，"想不想试试我们的蓝色波普远航者，去那里看看？你说呢？"

"等拿上船桨咱们就走。"我说。

布雷恩说："呵呵，呵呵，呵呵，呵呵，呵呵。"

我没在梦里，没在现实世界，也没在犟骡子的王国。我只是活在此时、此刻、此地。闭上眼睛，我仍然可以闻到大海的气息。不过，我好像在清凉的水里浸洗过，洗干净了身上的尘垢，等从水里出来的时候，我已经焕然一新。

再见，博比。再见，大海。

图书在版编目(CIP)数据

苏菲的航海日志 /(美)莎伦·克里奇著;徐彬译.--2版. — 南昌:二十一世纪出版社集团,2023.2 (麦克米伦世纪大奖小说典藏本) ISBN 978-7-5568-5735-7

Ⅰ.①苏… Ⅱ.①莎…②阿… Ⅲ.①儿童小说—长篇小说—美国—现代 Ⅳ.① I712.84

中国版本图书馆CIP数据核字(2022)第152816号

THE WANDERER
First Published 2000 by Macmillan Children's Books
The Wanderer by Sharon Creech
Text copyright © Sharon Creech 2000
Map copyright © Neil Gower 2000
All rights reserved.

版权合同登记号　14-2012-585

苏菲的航海日志
SUFEI DE HANGHAI RIZHI

[美] 莎伦·克里奇 著　徐 彬 译

出 版 人 刘凯军　　**责任编辑** 费 广
特约编辑 李佳星　　**美术编辑** 费 广

出版发行 二十一世纪出版社集团(江西省南昌市子安路75号　330025)
网　　址 www.21cccc.com
经　　销 全国各地书店
印　　刷 河北鹏润印刷有限公司
版　　次 2014年8月第1版 2023年2月第2版
印　　次 2023年2月第1次印刷
开　　本 880 mm×1230 mm 1/32
印　　张 8
字　　数 148千字
书　　号 ISBN 978-7-5568-5735-7
定　　价 36.00元

赣版权登字 -04-2022-763　　版权所有,侵权必究
购买本社图书,如有问题请联系我们:扫描封底二维码进入官方服务号。服务电话:010-64462163 (工作时间可拨打)
服务邮箱: 21sjcbs@21cccc.com。